うそコンシェルジュ

津村記久子

新潮社

うそコンシェルジュ◆目次

うそコンシェルジュ

第三の悪癖

私のアバターである、青白い顔に赤い下縁眼鏡をかけ、ごつい全身鎧を身にまとった騎士である〈kakiage-soba〉の体力が、あと2ポイントしか残っていない。朝っぱらから。プロフィール画像の中のドット絵の彼女は平然としているが、もし現実にいたら地面に横たわって、吐血しながら虫の息というところだろう。私がなかなか絶つことができない悪い習慣という怪物にぼこぼこにされてしまって。

　習慣管理アプリゲームのプレイアブルキャラクターである〈kakiage-soba〉には、すごく悪いことをしていると思う。ただ私には、麻奈美のことをまた考えて、言うに言えない文言を頭の中で作っては並び替えたりだとか、やっぱりばかにしてるんだろうかとか、対等な関係だったのにどこからこんなふうになったのかなどと考える悪い習慣をやめられない自分に怒りを表明する方法が、「やってしまった」ボタンを押して騎士〈kakiage-soba〉を苦しめる以外は今のところないのだった。私が「やってしまった」ボタンを押すと、〈kakiage-soba〉は6前後のダメージを受ける。彼女の体力は50なので、私は今日すでに八回「やってしまった」ボタンを押しているということになる。朝の八時台に。通勤電車の間だけで。実はそんなにやらかしてないけれども、「やってしまった」自分自身への怒りに駆られて、八回もボタンを押してしまった。〈kakiage-soba〉からしたらとばっちりもいいところだ。〈kakiage-soba〉は、一応私の代わりに罰を受けて負傷する存在ではあるのだが、ボタンを押す側の一方的な不甲斐ない思いで必要以上にぼこぼこにされてはたまらないだろう。

「やってしまった」ボタンを押す以外に自分のやらかしを受け流す方法はというと、今のところ、「消えてなくなりたくなる」とか、「自宅で一人で酔っぱらう」なのだが、消えてなくなりたくなるのは本当に文字通りでないと死体が残っていろんな人に迷惑をかけるし、苦痛がないことが必須条件でとても難しい。じゃあ家で酔っぱらって海外ドラマをつけっぱなしにして布団の上で大の字になっていたらいいかというと、最近どうもアルコールに弱くなってきていて、呑むと苦痛でしかないことが多くなってきたので、そっちも良くない。自己嫌悪に自己嫌悪を重ねて、ますます消えてなくなりたくなるのに、消えてなくなれないことに苦しむ。

そういうわけで、私は自分の悪癖を正すために、習慣管理アプリに頼ることにして、〈kakiage-soba〉を作り出したのだが、私の意志の薄弱さは、〈kakiage-soba〉では手に余るようだった。名前の由来は、その日立ち食いそば屋で食べた晩ごはんだ。

職場まであと一駅というところで、私は顔を歪めて携帯の画面を眺めた後、我に返って手持ちの回復アイテムを全放出し、〈kakiage-soba〉を回復させた。おのれの不甲斐ない気持ちの暴走で〈kakiage-soba〉をぼこぼこにしたかと思うと、すぐに申し訳なくなって在庫の限りのアイテムを使って回復させてしまう。こんな無駄な動きはない。そしてまた不甲斐ない思いに駆られて、「やってしまった」ボタンを押しそうになるのだが、先ほど全回復させたことの意味がなくなるので、私は自己嫌悪の暴走を思いとどまる。

　仕事は好きでも嫌いでもないが、早く職場に着きたかった。そこで今度は、他人の悪癖と不甲斐なさにまみれて激怒することも稀にあるのだが、少なくとも自分の外で起こっていることなので、〈kakiage-soba〉を負傷から守ることはできる。

　敵は外にいて、確かに私の精神を損（そこ）なってくるのだが、その療養がうまくできないのは私自身のせいだ。いったん忘れてしまえばいいのに、忘れることができずに、怒りの坑道を掘り進んでいるのは私自身だ。そしてそのとばっちりを〈kakiage-soba〉が受けている。

　すまん、と思う。何か早急に、気を逸らすものを見つけなければいけないということだけはわかった。自分に失望しながら、向かいの座席の上の窓の外を見ると、大きなボーリングのピンが見えた。今は違うんだよな、仕事だから行けないし、と思った。

＊

　そのＣというＭＣもコントも俳優もやる人物には、前々から何かうさんくさいものは感じていた。世の中では、知的で礼儀正しくウィットに富んだ好人物として知れ渡っていたのだが、私自身は、Cはものすごく細密にその場にいる人間を格付けしていて、格下だと決めた相手には、慇懃な言動の下に、序列の誇示や恫喝を隠して従わせたり、馬鹿にしていいと見なした相手はそれとなくないがしろにしたり、同格に見える相手でも、その人物を貶めるために弱点を他人の前で暴いて楽しんでいるような人物に思えていたのだった。どうしてそういうことがわかるのかは自分でもよくわからないのだが、端的に私自身がCみたいな人間にこけにされやすい人間だからなのかもしれない。

Cが妻子ある身で四股の不倫をしているということが発覚したのは、先週のことだった。世間は驚いているというか、驚いた態度をとっていたのだが、私は特に驚かなかった。むしろ、自分が薄々感じていたCのうさんくささが証明されて、相手の女性たちは気の毒だけれども、ちょっと安堵さえした。よし、今度もなんとか悪い奴を見分けられた。

じゃあ今のところの懸案である麻奈美やその夫のことは見分けられなかったのかというと、麻奈美は高校の時からの友達でもあるし、私は友達が選んだ結婚相手にとやかく言える立場でもないのだった。

Cとは何の関係もない私の会社の昼休みの社食でも、Cってクズだったんだなあ、という話がちらほら出ていた。単に話しているというだけで、誰も本気で怒っていないし、悲しんでもいないところに、私はなぜかCという人間自身とはまた違うところにある、Cの社会的な役割に対する悲哀を感じた。これでCが今の立場から放逐されても、またべつのCみたいなやつが現れて取って代わるだけだろう。〈無法の世界〉の論理だ。ザ・フーだ。

「生産管理の中山さんがね、このことにめちゃくちゃ詳しい。理由はわかんないけど。Cがすごい嫌いとかすごい好きとかじゃなくて、情報量が毎日半端ないから、気晴らしにとりあえず追ってるって言ってた」

「え、時間の無駄じゃないですか。こんなこと考えるの」

「私もそれは思って訊いたんだけど、無駄にできるのがいいんだって」

同じ部署の先輩の新田さんと後輩の福松さんが話しているのを聞きながら、私は〈生産管理の中山さん〉という人物を思い出す。新田さんの同期の女性だと思う。新田さんはわりと中山さんとは仲が良いらしく、たまに話に出てくるのだが、生産管理部門の建物と、私が所属しているデータオペレーション部門は敷地の端と端にある上、交代制で働いている生産管理部門の休憩時間が私たちと違うため、そこで働いている人の姿を見かけることはあまりなかった。

「時間が無駄になるのがいいってことですか？」

「まあそうらしい」

それを聞いた福松さんは、信じられないな、と首をひねる。そんなふうに時間や精神のリソースを無駄にするぐらいなら、好きなＫ‐ＰＯＰグループの曲を聴きながらヨガでもやっていた方がいい、と言う。

私はなんとなく、よく知らない中山さんの気持ちがわかるような気がした。何かが嫌で仕方がない時、しかしそれがどうなっているのか確認せずにはいられない時、そのことを考えずにはいられない時に、音楽や一人で体を動かすことでうまく自分の注意を逸らせたためしはない。そんなプラスのものですべての人間がうまい方向に行けるのなら、誰も麻薬に溺れたりしないし、酒も煙草もやらないかもしれない。現に意志薄弱な私が、出勤時間だけで〈kakiage-soba〉を瀕死に追いやってしまったことを考えると、残念ながら福松さんの冷静な考えはそれほど一切衆生の心に浸透しているとは思えない。

付け加えると、私は職場ではぜんぜん意志薄弱なタイプではない。忍耐強く、諦めず、人には当たらず、誰にも打ち明けはしないが、おそらくある程度はスキルフルだ。けれども内面は猫が爪を研いだ後の段ボールのようにボロボロだ。

私は、新田さんと福松さんの話を聞き流しながら、携帯のブラウザを開いてＣの名前を検索ボックスに入れてみる。〈ニュース〉タブを押してみると、おびただしいほどのＣの悪行とその証言者の発言と、どうでもいいけどとにかく言及して名をあげるか仕事をやっつけようという人たちの記事が並んでいる。ＳＮＳはそれ以上だろう。

Ｃには生きてとも死んでとも思わない。ただし、Ｃの悪行には興味がある。正直に言うと、私はものすごく悪に興味がある。それは、私自身が悪い人間だからというよりは、自衛のためだろうと思う。自分がだまされやすく、身体能力も低く、間が抜けていて、いざという時に誰かに助けてもらえる人望もないので、とにかく悪に関する情報を仕入れて悪を避けようとしているのだ。

Ｃは今もっとも上り調子の男女関係における悪人だ。動機はもしかしたらまったく違うかもしれないが、私は生産管理部門の中山さんが、好きでも嫌いでもないＣの情報を漁るのが理解できるような気がした。

＊

それからそう遠くない日に、私は主任から生産管理部門を訪ねる用事を言い渡された。あるサンドイッチ屋のクーポン付きフライヤーのレタスの色がやや濃いので、岩崎さん（私だ）のほうでデータを修正した上で、生産管理部門へ成果品の確認に行ってくれないか、とのことだった。主任によると、お客さんはめっちゃくちゃ不満があるとかではないのだが、実家と旦那が太い人らしくて気前がいいため、次の仕事もぜひ受注したいから手厚くしておこうということなのだという。

フライヤーはけっこうしっかりした紙を使っていて、サンドイッチはどれもおいしそうだ。高いけど。そして言われてみると、確かにレタスをはじめとして全体的に緑色というか、青が強いような気がする。

一日中パソコンの前に座ってデータを作っているのもしんどかったので、私は二つ返事でこの指示に従い、午前中にデータを調整して生産管理部門に送ってから、見本が出来上がっていると思われる時間に部署から出かけた。

会社の敷地はわりと広くて、端から端まで横切ると、階段や回り道やら何やらで十分ぐらいを要した。生産管理の事務所に行くと、作業着を着た、部署の先輩である新田さんとだいたい同年輩の女性がデスクで見本を眺めていた。ばち、ばち、という規則的な音が聞こえるので、何の音かと見回して女性に視線を戻すと、どうも手首に巻いた輪ゴムをつまんで引っ張っては離している様子だった。

サンドイッチ屋のデータの岩崎さんですね、と言われて、はい、とうなずくと、これで大丈夫そうですかね？　と女性は見本のフライヤーを渡してきた。私は、食べ物らしい暖色が少し強くなって、よりおいしそうに見えるようになったサンドイッチを眺めながら、社内では最終的に営業が判断すると思うんですけど、私はいいと思いますよ、と答えた。

「おいしそうだけど高いですね」

「テイクアウトのパストラミチーズサンド一〇八〇円ってね」

話の間も変わらずに輪ゴムをバチバチ言わせている女性は、私の言葉にそう答えた。それでも店は繁盛しているらしい。素材はすべてすごくいいものだという。どれだけみんなが貧乏になっても、そういう高級感による慰めを好んで散財する人はそれなりにいる。

私は、その女性が新田さんと同い年ぐらいに見えることから、少し前に昼ごはんの時に名前が出た中山さんなのではないかと思ってたずねてみると、そうですよ、という答えが返ってきた。

「失礼かもしれないんですけど、Ｃのことでお名前が話に出たんです。ものすごく詳しいとのことで」

「まあ、詳しいですね。来月には忘れてると思うけど」

中山さんはやはり、輪ゴムバチバチを続けながら答えた。痛くないのかな、と思うけれども、なぜかその理由を聞くのは野暮なような気がした。Ｃのゴシップに詳しいんですってね、とたずねる以上に。

なかなか登場人物が多くて把握しきれないものがあるんですけれども、と私が言うと、中山さんは輪ゴムをバチバチしながら、Ｃの不倫相手の職業と年齢と交際歴について、整理して暗唱してくれた。

「十八歳から二十七歳まで手広いですよね」

「本人は四十歳だから十三歳以上年下専門ってとこかな」

私の指摘にはじゃっかん嫌悪感が含まれていたけれども、中山さんは何の感情もないという様子だった。

「こういう話すごく悪趣味ですよね」その上で、中山さんは自分自身も私もおびやかすような所感を述べる。「でも毎日毎日情報が出るから見てる。こいつすげえクズだなって思ってたら、自分のことをゴミみたいだって思う時間が減るから」

中山さんが言葉を切ると共に、手首のゴムがバチンという音を立てる。私は、特に現在実感を持っていることではないけれども、まったく覚えのない感情でもないので、それはそうですね、とうなずき、調整していただいてありがとうございました、と頭を下げた。中山さんは、いえいえ、と会釈して、私を生産管理部門の事務所から送り出した。

〈私はもうその話は聞けない。自分をごまかし続けることはできない。私が言っていいことかどうかはわからないけれども、そのことに関しては、自分はその後輩の人の立場のほうが理解できる〉

三週間ほどの間、私はそう返信しようとしてしないでいる。書き送ったら人間関係が壊れるからだ。ちなみに返信しようとしているメールの内容は、「岩崎に会えて楽しかったー！　また話聞いてね！」という文面だった。友人の麻奈美からだった。

高校二年の時に同じクラスだった麻奈美の夫は、職場で使わなくなった備品や消耗品をくすねてオークションサイトで横流しをするという横領をしていた。額は少額だとのことだったが、横領は横領だ。麻奈美と夫は職場結婚で、部署は違うが今も同じ会社で働いている。

麻奈美には、このことをやめさせようという考えはなくて、「仕方がない」ということで高を括っている。なら他人に話す必要はないだろうと思うのだが、麻奈美が打ち明ける必要に迫られているのは、夫の横領ではなく、夫の横領について注意をしてくる自分の後輩に、それとない無視や冷たい態度をとっていることについてだ。

麻奈美は私に、自分の同僚や、姉妹や、友人たちが皆、この後輩について「余計なことに口出しするから職場で排除されるのは当たり前だ、と言っている」と述べて、私にもそれに同意

*

するようにそれとなく迫ってくるのだが、私は違うと思っている。

麻奈美の夫の横領は、息子の教育費と家のローン返済の足しにするためだという。額は聞いていない。でも本当に少額なの、と麻奈美は言う。息子のことと家のことについては、「それは大変だね。でも勉強は早く始めておくに越したことはないんだろうしね」だとか「持ち家だとやっぱり安心するんだろうしね」と肯定することはできるけれども、横領は違うと思う。せめて隠して欲しいのだが、麻奈美はそのことについても肯定してほしがる。それが私には負担だった。

麻奈美には、二十代の仕事に慣れていないつらい時期を支えてもらった経験がある。だからできるだけ話を聞こうとするのだが、横領や、それに苦言を呈する後輩を職場で無視していることや、簡単には肯定できないことばかり打ち明けてくる。もう無理だと思う。自分で認めたくはないけれども、こいつならいくらでも話を聞くと馬鹿にされてもいるとも思う。

それでも夫と息子が支えてくれるし、それと比べると岩崎は独り者だし大変だよね、と麻奈美は最後に必ず言う。まあ、まあまあ、と私は答えてきた。仕事が大変な時もあるし、生活の維持で頭を悩ませる時もある。けれども、今いちばん大変なことは、実は麻奈美の話を聞くことだ。

もう無理だ、もうその話は聞けない、自分をごまかし続けることはできない、と私は麻奈美に電話をしそうになる。というか実際に発信してしまう。麻奈美は出ないけれども、着歴が残って折り返しに電話がかかってくる。私は手がすべったただとか適当にごまかし、麻奈美は自分の話を始める。電話を切ると平日の十数分が抉り取られたようになくなっていて、私は習慣管理アプリを立ち上げて、「やってしまった」と申告し、〈kakiage-soba〉にダメージを与える。

*

もう回復アイテムも底をついていたので、私はペンケース代わりにしているポーチに携帯をしまい、それを更に大きなノートや本などを入れている大きなポーチにしまって、バッグの奥深くに横たえた。これ以上〈kakiage-soba〉に当たらないためだった。携帯を遠ざけていれば麻奈美に「もう無理だ」と言えないし、〈kakiage-soba〉も無事でいられる。一挙両得の行動ではある。

私は平気なふりをして今日も会社に出かけた。脚を揃えて座席に座りながら、いいじゃないか静かで、と思おうとしていた。〈kakiage-soba〉も私がやってしまわないから安心だろう。いいじゃないか。私は神経が張り詰めるのを感じながら、頭の中で繰り返していた。そして脳内で「ええじゃないか」を踊ろうとしていたが、うまく踊れなかったし、次第に、なんでそんなことをしなければならないのか、という不服が頭をもたげてくるのを感じた。

本当に何か気を逸らすものがないといけない。なので、Cの悪行について検索して気を紛らわせようとしたけれども、携帯はポーチの中のポーチに入ってバッグにしまわれている。私は、前に立っている自分より十歳ぐらい若い通勤中と思われる女子を観察する。バッグにつけている麦わら帽子のチャームがどうも少女趣味だ、パンツがサーモンピンクだ、ペディキュアが赤すぎる、でもカットソーは太い紺のボーダーとは一体。

そこまで考えて、自分が退屈しきったどうしようもなく下品な人間に成り下がっていることに気が付く。前の女子に平謝りする。暇で機嫌が悪くてジャッジしようとしました。してしまいました。本当に申し訳ありません。全然かわいくて素敵です。

私は中山さんが、好きでも嫌いでもない来月には忘れているかもしれないCの悪行を調べることを必要としている気持ちが痛いほど分かった。Cが悪行を働いた女性たちにはどうしても申し訳ないけれども、Cのクズさかげんは「まだ下がいる」と思いたい弱い心の非常口だった。

一度中山さんに、あらいざらい自分の状況についてぶちまけてしまったほうがいいのではないかとすら思われた。一回仕事で話したことがあるだけの人であるにもかかわらず。

周りの人を観察してしまいたくなくて、その日はそれからずっとうつむいて電車に乗っていたので、ボーリング場のピンを見ることはなかった。職場に着くと、私はいつもより多弁になり、いつも以上に献身的なチームプレイヤーになった。私は、自分が問題のある人間であることを知っているので、良い人間として振る舞うことでそれを隠そうとすることをよくやる。けれども、その時は誰も私が気を逸らせるような重い仕事は抱えていなかった。新田さんは笑って、岩崎さんはいつもがんばってるから、今日はPCの中身の整理でもしてなよ、と言ってくれた。

昼休みまではなんとかその状態で持ちこたえたけれども、午後になるとそわそわし始めて、十五時に限界が近付いてきていることを自覚し、ちょっとコンビニに行って飲み物買ってきます、と私は職場を出た。

飲み物を買うのはすぐに終わる。私は、十代の男子が好んで飲んでいそうなエナジードリンクの大きな缶を購入し、しかしもしかしたらもっとチルアウト方面に強そうな飲み物を買った方が良かったのかもしれない、とさっそく後悔しながら、とぼとぼ会社へと帰った。

裏門から入り、ああでも自分の席に座るといろいろ考えてしまうから、このまま会社の敷地にある建物全部に入って気を紛らせたい、と思いながら、運搬用のトラックが出て行く音を聞いていると、それに混じって、社員用の自転車置き場の方から高くて鋭い、何かが割れるような音が聞こえたことに気付いた。

いつもだったら見に行かなかったかもしれない。けれどもその時は、席に帰りたくなくて仕方がなかったので見に行くことにした。私は自転車通勤ではないし、社員用の自転車置き場は、かろうじて存在を知っていてときどき通り過ぎるだけの場所なのだが。

工場の塀の前で、見覚えのある作業着の女性が、ゴミ袋の口の方を握り締めて、鎖鎌のように振り回していた。中山さんだった。何をしているのかと息を詰めて見守っていると、中山さんはゴミ袋の底の方を、思い切り塀にぶつけた。また何かが割れる、ガキャンとかビキャッという音がした。

何をしているのか。変なことであるのは間違いないのだが、私は自分の疲れ切った部分がぱっと起き上がるのを感じた。

あの人、なんだか良さげなことをしてないか。

中山さんが顔を上げて、私の方を数秒見た後、何やってるんだって思ってます？　とたずねてきた。

「はい」

「新田さんに言いません？」

同期に知られるのはさすがに恥ずかしいから、と中山さんが言ったので、私は、はい、とうなずいた。

「食器を割ってるんです」中山さんは、私に向かって半透明のゴミ袋を掲げて見せた。どうも二重か三重に重ねられているようで、中には丸められた新聞紙らしきものが入っていた。「母親の食器です」

やってみます？　とゴミ袋を渡されて、私も口の方を握ってぶんぶん振り回して勢いをつけた後、塀にぶつけてみた。たしかに少し気が晴れる手応えを覚えた。

「実家には食器棚が二つあって、その上台所の下の引き出しにも上の戸棚にも、全部食器が詰まっています」

ちなみに母親は一人暮らしです、と中山さんは言った。その二つの情報からでも、中山さんがお母さんにストレスを感じているということがよくわかった。私の母親はそうでもないけれども、そういう人がよくいるのは知っている。捨てるか捨てないかの判断を嫌がる人で、判断してくれとこちらが頼むと激怒する人だ。苦手だから。

子供に苦手なことを頼むと、だいたいは正直に「それは苦手だから嫌だ」と答えるけれども、大人は苦手だと認めることができずに怒ってごまかす。

「私の部屋に来て、しつこく何でも言いなさいって言うんだけれども、仕事相手の要求が高くて困ってるんだって言うと、〈付け入られるような態度でいるからじゃないの？〉とか言うんですよね」

私は無言で、中山さんに食器の入ったゴミ袋を渡す。

「食器の話に戻りますけど、母親はそんなに食器を溜め込んでても、二、三枚なくなったってわからないわけですよ。じゃあなんで溜め込んでるのって思いますよ」

中山さんはゆっくりと振り回し始める。なんとなくの感触にすぎないけれども、あともう一回ぶつけたら、食器が割れる手応えはほとんどなくなるような気がする。中山さんが塀にゴミ袋をぶつけても、やはり最初に聞いたときほどは気持ちのいい音はしない。

「もう言い争う余力なんてないし、だから代わりに食器を盗み出してきて壊すわけです」

ふと思い出して、作業着を袖までまくった中山さんの右の手首を見ると、やはり輪ゴムがはまっている。サンドイッチ屋のフライヤー見本を見に行った時にバチバチいわせていたやつだ。

「Cのことを調べていても、気持ちのやり場がない時にそうするんですか？」

思い切って私がたずねると、中山さんは首を横に振った。

「Cに関しては今日の分はもう調べ尽くしたと感じる時ですね」

今は十五分休憩で、最初の三分でもう今日の分はなくなっちゃって、仕方なくこれで、と中山さんはゴミ袋を上げて見せた。

「Cの話の予備に取ってある、昔嫌いだった人のSNSを見に行ったりもしてたんですけど、やっぱり本当に嫌いだった人ってさわりにいくもんじゃないですね。ほんともう読む毒みたいで」

いろんな嘘くさい記述を選り分けて、こいつは本当は不幸だっていう兆候を探そうとするんだけど、ある時ぴたっと、なんでこんなに疲れながらそんなことしないといけないんだって思っちゃって。

私もなんとなく覚えのあることなのでうなずく。だから自分とは一切関係のないCの話を読んでいる方が気楽なのも理解できる。

「まあだから、これとかCについて調べることは、上から三番目の行動って感じですかね。一番上に嫌な仕事相手について考えるだとか、二番目に昔嫌いだった人のSNSを見に行くとか、母親に怒鳴りつけたくなるとかがあるとしたら、なんとかそういう衝動を押さえ込むために」

あとは、一回やめた煙草を吸ったりすることもしたくないですしね、と中山さんは付け加える。私で言うと、飲酒がそれに該当しそうだ。それと〈kakiage-soba〉にダメージを与えること。

「輪ゴムは？」

「何の役にも立ちません」

煙草はこれでやめられたけど、と中山さんは、ふと話から逃げたくなったように、遠い目をしてトラックが行き来する音が聞こえる方向を見る。何の役にも立たないと言いつつ、中山さんは輪ゴムをバチンと言わせる。

時間を気にしつつ、私は〈kakiage-soba〉にダメージを与えてしまうことと、夫の横領のことは伏せて、とにかく友達が同意しにくいことに同意を求めてくる、という内容を手短に話した。中山さんは、うなずきながら、何の疑問も差し挟まず話を聞いていた。麻奈美のことはおいといても、〈kakiage-soba〉の一件は間違いなくばかばかしい話であるのにもかかわらず。

「また食器盗んできます」別れ際に、中山さんは私に告げた。「やりきれなかったら壊しにきてください」

まずこのぐらいの時刻に自転車置き場に来て、私がいたらすぐにセッティングしますし、いなかったら生産管理部門まで来てくださったら用意します、と中山さんは生真面目に言った。

＊

それから私は、二回中山さんのお母さんの食器を壊しに行った。職場の人の親の食器を新聞紙に包んでゴミ袋に入れて塀にぶつけて割るなんて、どう考えてもおかしいしひどいことをしているのだが、意外と気が晴れた。食器を溜め込んでいた中山さんのお母さんというよりは、主に食器を作った人に悪いと思うのだけれども、その話を中山さんにすると、盗み出してくるのは基本的に古い食器で、何十年も前に作られたやつとかもあるから時効だと思って、と説明された。

三回目に食器を壊しに行った時に、中山さんは、今回は一枚なんですけど、とあやまってきた。お母さんに食器を盗んでいることを気付かれた、というわけではないのだが、「なんだかよく帰ってくるわね」とか「よく食器棚開けてるわね。足りないの？」と言われるようになったそうだ。

「いや、そんな、壊させてもらってるだけで本当にありがたいですよ」

「手応えが違うの、わかるんですよ。三枚ぐらいがいい」中山さんは険しい顔で、考える素振りをした。「かといって新しく購入した食器じゃ意味がないですしね」

より罪悪感を持つと思うんですよ、と中山さんはその時の自分の気持ちを先取りするみたいに、深刻そうに付け加えた。私は、自分も実家に帰ったら母親が溜め込んでると思うんで盗んでこようと思うんですけど、と言いつつ、実家にはめったに帰らないので現実的な提案じゃないことを申し訳なく思った。

問題は他にもあった。中山さんの休憩は十五時からで固定されているのだが、私はその日の忙しさの度合いで休憩の時間が変動することが多く、どうしても今日はやりきれない気分だから食器を壊したいという日があっても、午前中しか自転車置き場に行けなかったり、定時後しか都合が良くなかったりした。その場合、午前中は中山さんが持ち場を離れられないし、定時後は帰社する社員たちが自転車置き場にどんどんやってくるわけだから、その人たちの前でゴミ袋を振り回すわけにもいかない。中には賛同してくれる人もいるかもしれないが、自分たちがやっていることはかなりおかしいという自覚はあったし、上の人間に知られると何を言われるかわかったものではないので（塀が傷むだろうとか）、やはり定時後は避けたかった。

ちょっとボーリングに行ってみますか？　と中山さんにたずねたのは、三回目に食器を割りに行って、中山さんがその一枚分のファーストアタックを譲ってくれたあとのことだった。中山さんがお母さんから盗んできた食器だというのに、私が最初にぶつけるのはどうにも申し訳ない気がして仕方がなかった。なので自分には代案を考える義務がある、という気持ちになったのだった。

あげく思いついたのが、毎朝電車の窓から見えるボーリング場に中山さんを誘うことだった。私にはボーリングをする習慣がないので、今の会社に勤めて十年以上が経った今も一度も行けていない。そのボーリング場は、ボーリングをしない私でさえ、いつまであるのか、いつかはなくなってしまうのか、ということを考えると、ちょっと眠れなくなったり考え込んでしまうような古くて存在感のある建物で、新田さんがときどきその中にあるアミューズメントについて話すことがあって、少しだけ興味を持っていた。ちなみに、新田さんが好きなのはボーリングではなくカーレースのゲームだ。実在するコースをモデルにしているのがいいらしい。ときどきどうしても夫と十二歳と十歳の男の子がいる家に帰りたくなくなることがあって、そういう時は残業ですと家族に言って、ボーリング場で一時間ゲームをして帰るのだという。

中山さんはボーリングをするのが初めてで、私は人生で二回目だった。まず靴を借りるところからつまずき、二人とも重い球にこだわるわりに、そもそもピンのところまで球が届くかすら危うい弱々しい投球をしては、あと半分ぐらいのところで球が逸れてガーター、というプレーを繰り返した。いちばん軽い球に路線変更したらしたで、異常に素早く投げて端のピンだけかろうじて倒すというような有様で、とにかくひどかったのだが、不思議なことにそれなりに盛り上がった。二人ともが同じぐらい下手だったからかもしれない。

それから、やはり同じぐらい下手な卓球をして、こちらは楽しいという感想さえ持った。だいたい球が三往復するごとにどちらかがネットに引っかけるし、間違いなく斜め向かいではなく正面に打ったりしているのだが、台の外に出てしまった球を何かの間違いで打ち返すと、「すごい！」とお互いのプレーを讃え合った。

さらに中山さんと私は、二人ともエドモンド本田を使用キャラにして〈ストリートファイター〉をプレーした。登場人物の質感が3Dぽくてつやつやした最近のバージョンもあったけれども、そこにあった中で一番古い台で遊んだ。中山さんの方が若干技を覚えるのが早くて、私は何度か負けたけれども、最後の方は中山さんが中パンチ中キック弱パンチ弱キックしか使わないという縛りでプレーし、ようやく私が勝った。銭湯が背景とか、隈取りしてる力士とか、世界観すごいよね、という中山さんのしみじみした言葉に、私はそうですねと同意した。

それから、フィギュアのクレーンゲームをした。私は意外とうまくて、中山さんが三回やってまったくだめだったところを、一回で取ってしまった。名前がよくわからないアニメのかっこいい男の人のフィギュアで、差し上げますよ、と中山さんに言うと、中山さんは、そういう物を持つと次の引っ越しの荷造りがしにくくなるからいりません、と断った。

「イケメンですよ」

「いいです」

「誰のフィギュアなら欲しいですか？」

「ノエル・ギャラガーが欲しいかな」

中山さんは即答した。

最後に中山さんと私は、ショベルでお菓子をすくって獲得する古いマシンで遊んだ。私はこのゲームを小さい頃にやらせてもらえなかった記憶があって、一人で何ゲームもやって、アメとラムネを両手一杯分ぐらい獲得した。そのうち半分は中山さんにあげて、誰もいない平日夜のカフェスペースで自動販売機のジュースを飲んだ。中山さんはメロンソーダで、私はオレンジがオレンジジュースを飲んでいるキャラクターの図案で有名なオレンジジュースだった。

中山さんは、Cの新たな交際相手が発覚したようだと話していたが、同時に、もうCのことを調べるのはやめるかもしれない、とも打ち明けてきた。

「なんでですか？」

「不毛で」

そりゃそうだろうと思うので、返す言葉もなかった。食器を壊すのもこれから難しくなりそうだし、Cについて調べることもやめると、中山さんには三番目の行動がなくなってしまうことが、自分のことは棚に上げておくとしても心配だった。

「これからどうするんですか？」

そうたずねながら、私は仕事をやめたり離婚したりした人に訊くようなことを口にしていると思った。

「どうしよう。ボーリングの練習でもしようかな」中山さんは両手で顔を覆いながら、溜め息をついた。「ところでラムネめちゃくちゃおいしいですね」

ありがとう、ラムネのおいしさを思い出しました、と中山さんは顔から手を離して、私の顔を正面から見て会釈した。

「甘酸っぱいものって最近食べなくなったから新鮮でした。子供の頃はよく食べてたと思うんですけど」

「ヨーグルトとか果物とか」

私が言うと、中山さんはうなずいた。確認することを失礼に感じたので、そのままにしておいたけれども、中山さんは少し泣いているような気がした。ラムネがおいしいという理由で。それから、もう食事に行くのも自炊するのも面倒だという話をして、カフェスペースにあった自動販売機でハンバーガーとカップ麺を買って食べた。中山さんは天ぷらそばとからあげを食べていた。どれも明らかにおいしいということはないし、なんだったらまずいかもしれないのだが、くどくてなつかしい味がした。中山さんによると、そばは普通においしいとのことだった。

かなり遊んだ気がしたけれども、帰ると意外と早くて、私はラムネについて調べて中山さんに送った。中山さんもラムネのことを検索したようで、ある地方都市の会社で作られている希少なラムネについての記事を送ってきた。

それから私は、座卓の上にアニメのかっこいい男の人のフィギュアを箱の状態で置いたまま、ノエル・ギャラガーについて検索した。オアシスは十代の頃に聴いていたけれども、今はそうでもなかったので、ノエルのことをまとまって考えるのは五年ぶりぐらいだった。ノエルについては、数年前の記事で、最近家を買ったのだがものすごくでかくて高かったので、来日公演のグッズを買ってくれ、と言っていたのを読んで、笑ってしまった。

習慣管理アプリを立ち上げて、今日はまったく麻奈美のことを考えなかったので、「やらかさなかった」ボタンを押し、〈kakiage-soba〉に経験値とゴールドを与えた。〈kakiage-soba〉が、ほっとしたような顔をしたような気がした。

*

それから、どうしてもオフラインで何度も聴きたくなって昼休みに〈ディフィニットリー・メイビー〉をダウンロードで買った日の帰宅後に、麻奈美からメッセージが来た。あさっての日曜日に、息子を習い事に預けている間、二時間だけお茶に行かないかという話だった。

これは断りたい、と思いながら、けれどもどういう返事をしたらいいのか考えられないぐらいには空腹だったので、私はとりあえず鍋でお湯を沸かしてたまねぎのみじん切りを始めた。ミートソースのスパゲティを作る。ソースは一回の調理で三日分作る。たまねぎの繊維の方向に対して垂直に切れ目を入れながら、今日はなんだかうまくいかなくて頭の中が締め付けられるような心地がする。目もすぐに痛くなってくる。

なんとか丸一個分をみじん切りにして、フライパンで挽き肉を炒めて色が変わるとたまねぎを投入する。いい匂いがしてくる。それから、流しの下からカットトマトの缶を取り出して、蓋を開けようとする。プルタブを引き上げて、半分までは快調に開いたけれども、残りがなぜかうまくいかない。私は料理を投げ出したい気持ちと戦いながら、なんとかトマト缶を開ける。丸一缶をフライパンに放り込んで、ケチャップとウスターソースと顆粒のコンソメを適当に投入する。

自分にとってはいい匂いがしてくる。私は、体によいとされるものの中ではトマトが比較的好きだ。使用は二分の一で良いとされているレシピでも、だいたい一缶丸ごと入れる。

その話をすると、麻奈美が目の前で携帯を使って検索を始めて、「トマトって食べ過ぎると結石ができるんだって」と言ったことを思い出した。私はちょっとした立ちくらみのような感覚を覚えて、あわててフライパンから離れて流しの縁につかまる。

なんで自分はトマトが好きぐらいのことも肯定してくれない人に同意を捻り出していたのか。私は、コンロの火を弱火にして、携帯を取りに行って麻奈美の連絡先を開いた。特に何も考えずに「お茶は行かないことにする。用事とかはないんだけど、少し疲れてて」と書く。それから「麻奈美が話したいことで、私が共有できる問題は今は何もないように思うんだよね。だから申し訳ないけど、他の人に話した方がいいように感じる」と続きを書いて、やはり何も考えずに麻奈美に送った。

頭の中が締め付けられるような感じは変わらなかったが、とにかく私は大きく息をついた。ミートソースのスパゲティはとてもおいしかった。麻奈美からどんな返信があるかは気にかかったが、もう何もかも「今は疲れている。ごめん」で返したらいいなと思った。実際に私は疲れているし。

食事が終わったあと、私は習慣管理アプリを開いて、〈kakiage-soba〉に「儀礼用のベレー帽」を買って装備させてあげた。羽根がついていてすてきらしい。それで〈知性〉のパラメータが8も上がる。無料で色を変えられる眼鏡も、黄色いフレームに変えた。これまでよりちょっとおしゃれになった感じがした。〈kakiage-soba〉が喜んでいてくれるといいと思った。

中山さんは、久しぶりに実家からお母さんの食器を三枚盗んできた、という連絡をくれた日に、自転車置き場の塀ではなく、自分の職場のデスクの床にぶつけてしまった。

これまで知らなかったし、知った今も中山さんに関して重要なことだとは思わないように決めているけれども、中山さんは一年先輩の営業部の竹内さんと三か月だけ付き合ったことがあるのだという。五年前だ。中山さんから付き合ってくれと言ったらしい。けれども、どうしても中山さん自身が合わないものを感じて別れることにした。

竹内さんはそれからすぐに結婚したけれども、今も中山さんに横柄に振る舞うことがあるらしく、それは完全になくなってしまった私的なやりとりの代わりに、仕事の場でときどき発露されることになった。要するに、これをこなせるのはおまえだけだと変に頼ってきたり、かと思うと理不尽と思われるNGを出したり、だったら担当を代わってもらうのでと言うと、それは困ると言ったりするらしい。

中山さんは責任感が強いので、何とか竹内さんの仕事をこなしていたけれども、もういいかげん限界が来たとのことだった。

得意先から一時間ごとに来る五月雨式の注文の対応に関して、もう少し取りまとめてから戻すようにはからってくれ、なにか小さい修正を言われるたびに機械を動かしていたらきりがないから、と言うと、このぐらいの対応をするのはそちらの部署の義務でしょ、月給分働いてよ、と言い返されたそうだ。それで中山さんは怒った。デスクの一番下の大きな引き出しに隠してあった、新聞紙で包まれた食器の入ったゴミ袋を取り出し、思い切り床に叩きつけた。

今の音なに？

当ててみてもらえますか？

〈なんで怒ってるかわかる？〉〈なにを考えてると思う？〉〈おまえのどこが悪いかわかる？〉。中山さんは竹内さんにさんざん言われた試すような物言いを、そのシチュエーションにアレンジして返した。

わからない。

そうですか。

中山さんはそう返して、とにかくその仕事には対応できません、と言った。そう答えることは、竹内さんにねちねちと揚げ足を取られる以上に苦痛で、中山さんの職務上のプライドを傷つけたという。中山さんの仕事をもてあそぶために無理なことを言ってくる竹内さんがもちろん悪いのだが、中山さんはそういう関わりを持ってしまった自分自身に怒りを感じた。

中山さんはそのことについて、十五時に皿を壊しに自転車置き場に行った時に話してくれた。あまりにむかつくからさっきも塀にぶつけちゃって、もう中身だいぶ割れちゃってるんだけど、すみません、と中山さんは私にあやまった。中山さんの手首の輪ゴムがバチンという音を立てた。私は、いえいえそんな、と首と手を横に振って、なんか買ってきます、とただ居ても立ってても居られずに会社の敷地から出てコンビニに行き、以前買ったエナジードリンクを手に取った。あの時はなりたい気分に合わなくて後悔したけれども、職場の冷蔵庫に入れて仕事中に飲んだら大きな助けになってくれたのだった。

私は、反対に落ち着きそうな飲み物ということでカフェラテも買って、自転車置き場に戻っていった。どっちがいいですか？　と訊くと、中山さんはエナジードリンクを選択した。

「岩崎さんにはかなり割れた食器しか提供できないし、戻ったら仕事を拒否したことについてたぶん課長に弁明しないといけないから煙草を吸いそうになってたんですけど、助かりました」

そう言って中山さんはエナジードリンクをごくごく飲んで、言い訳がんばってきます、とその場を去っていった。

中山さんなりに焦ってはいたのか、食器入りのゴミ袋を忘れてしまっていたので、私はそれを自分の職場に持って帰った。

なんとなく興味を持ったので、いけないだろうかと思いつつゴミ袋の中の割れた食器を確認してみると、私が小学生の頃の、あるパン会社のキャンペーン景品の食器が出てきた。どうして覚えているのかというと、そのフランス国旗がワンポイントになっている食器を、クラスの人気のある女子の誰かがいいと言い出して、それを集めるのがとても流行ったからだった。私は、何がいいのかわからないながらも、その流行に乗り遅れると学校でつらいことになるので、親に頼んでその会社のパンを買ってもらってシールをせっせと集めた。なんとか一枚手に入れたお皿は、一年で割れた。

二十五年以上は前の話だ。大きな欠片を一つ取り出し、片目をつむってよく見た。古いからか、なんとなく白が灰色がかって見えるけれども、まったく傷らしい傷はなく新品のように見えた。私は、会ったこともない中山さんのお母さんに、これはちょっとないと思いますと言いたいと思った。これを使いもしないまま持っていて、処分することを言い争いの末拒むお母さんと、〈なんで怒ってるかわかる?〉とたずねてくる竹内さんは、何かそれぞれに遠くて関わりはないように見えるけれども、同じ地面に立っている人たちのように思えた。私には。

*

中山さんが職場で食器を割ってから三日後、新田さんは中山さんに牛肉の佃煮のセットを送ったという話をしていた。安いやつよ、もちろん、大仰なやつだと中山さん気を遣うからさ、と新田さんはすぐに付け加えた。

中山さんは課長と面談し、そのことはすぐに同期の女の人たちに伝わったらしい。中山さん真面目だからなあ、よっぽど無理言われてたんだと思うよ、と新田さんは神妙な顔でうなずきながら言っていた。私は、自分とは関係のないことながら、中山さんが新田さんのような同期を持てていることにほっとした。

中山さんは、十数年勤続している職場で初めて感情を露わにしたということで、咎められるというよりは心配されたそうだ。中山さんの上司の課長は、竹内さんが中山さんを指名して仕事を回そうとしてくることに関してはちょっと悩んでいたのだが、「ずっと組んで仕事をしているし仲がいいのかと思っていた」ということで深く考えてはいなかったらしい。

中山さんが竹内さんとの内線で鳴らした〈攻撃的な音〉については、中山さんは「ペン立てを床に落とした」と言い張って、そういうことになったそうだ。竹内さんは、中山さんの上司に状況について話す中で、その〈攻撃的な音〉について、目立った回数言及したという。「脅されたように思えた」と。

以上のことは、事件があった当日、私が自転車置き場から持ち去った食器入りのゴミ袋を中山さんに返しに行った時に、やはり自転車置き場で教えてくれた。中山さんが職場の床で食器を割ってから、十日後のことだった。今のところ、中山さんには竹内さんから仕事は回ってきてはいないし、これからもその気配はないそうだ。でも、うちの課長だって忙しくなってくるとそのへんをちゃんとしてくれるかどうかはわからないから、と中山さんはエナジードリンクを飲みながら顔をしかめた。

私は麻奈美の誘いを断り、麻奈美からはその後何の連絡もない、という話をした。中山さんはうなずいて、寂しいかもしれないし、何かを取り返したいかもしれないけれども、いいことだと思うようにしましょうよ、と言った。

「そういやね、あれからお酒も飲んでませんし、アバターも無事なままです」

「じゃあいいことだったんですよ」

「ボーリング場にはときどき行きたくなるんですけど」

「じゃあまた来週の金曜ぐらいに行きましょう」

それからまた少し経って、私は自宅の座卓の上に飾っていたアニメのかっこいい男の人のフィギュアを後輩の福松さんにあげた。欲しかったんですよ！　と感謝されて、何かお礼がしたいと言われたので、私は中山さんから教えてもらった希少なラムネのことを福松さんに伝えた。

中山さんが職場で食器を割ってから三週間後の金曜日、私は中山さんと新田さんと三人でボーリング場に行った。新田さんがカーレースのゲームに熱中している間、中山さんと私はまたへたくそなボーリングをした。

中山さんは、職場であったことと、それに付随するように食器を盗んで割っていた件について、お母さんに話したのだという。お母さんはそれを聞きながら、思ったよりも怒るわけではなかったけれども、中山さんの話していることがまったくわからない、という顔つきで聞いていたそうだ。まあ、もう関連性について想像するのは無理でしょう、七十手前だし、と中山さんは諦めたように言っていた。

「でもこれからも食器は盗みます」

「お母さんが移動させたら？」

「私ごときがこそこそやってるぐらいでは移動させないでしょうけど、そうなったら家の中を探しますね」

最近はほとんど考えなくなっていたCのことについては、謝罪会見があったのだが、中山さんは見ていないとのことだった。私も見ていない。新田さんは見たそうで、まああやまってたよ、ていうか記者とかテレビ見てる人間じゃなくて奥さんとか子供とか不倫相手にもっともっとあやまるべきだと思うけど、裏であやまってるんだろうとはいえ、もっとよ、と言っていた。

中山さんにそのことを言うと、だからといって切腹してるところを見たってこっちが嫌な気持ちになるだけでしょうしね、と言った。

ボーリングの途中で新田さんがカーレースのゲームから戻ってきたので、私は新田さんに代わってもらうことにした。今まで知らなかったのだが、新田さんはボーリングもうまかった。それからまた、自動販売機のホットスナックをまずいんだけどなつかしいと言いながら夕食にして解散した。

帰りの電車で習慣管理アプリを立ち上げて、「やらかさなかった」ボタンを押して〈kakiage-soba〉に経験値とゴールドをあげようとすると、フレンドの申請メールの通知が来ていた。開けてみると〈ramune-gallagher〉という人物からで、アバターは茶色くて丸い兜をかぶっていて、眉毛が太かった。「輪ゴムが切れたんでこっちに代えます。よろしくお願いします」とのことだった。私は〈ＯＫ〉ボタンを押して携帯をバッグにしまった。

帰ったらちょっと呑んでいいかなあと思った。今ならそう悪いお酒にはならないような気がしたから。自動販売機のホットスナックは本当にどれも味が濃かったし、おととい作ったミートソースもまだ残っていた。

誕生日の一日

今日はエツさんが十六時ごろに来たので、いつものように厨房にいちばん近い向かい合わせの二人席に通した。佐江子さんは、席が空いている限りは必ずエツさんをその席に通すようにしている。直前まで他のお客さんがいてテーブルの上が片付いておらず、でも別の席は空いているというような場合でも、エツさんが来たらそこに座ってもらう。佐江子さんが喫茶店に出勤しない日である土曜と月曜にエツさんが来た場合、他の同僚はどうしているのだろう、とときどき思うのだが、特に問い合わせたことはない。

窓際の席だが、建物の外壁の出っぱりのせいで日当たりがあまり良くない席だった。けれども西日がほとんど入らず、夕方に座るには快適な席で、いつも十六時前後にやってくるエツさんは、窓の反対側の席に座ってじっと外を眺めていることが多い。佐江子さんの勤めている喫茶店が入っているデパートの向かいには、大手の建設会社のビルがあり、いつも誰かがフロアをうろうろしているので、見るものには困らないのだろうと思う。佐江子さんも、店が暇で、席のことも厨房の手伝いもレジのことも何もやることがない日は、向かいのビルで働いている人たちを眺めている。早足でフロアを歩き回ったり、電話を取ったり、誰かと話したり、一人で頭を抱えたり、すごく仕事をしているという感じがする。佐江子さんも、三十代半ばまではそういう様子で仕事をしていたはずなのだが、今となってはとても遠いことのように感じる。

エツさんは今日も、抹茶のゼリーとほうじ茶を注文して、いつものように一時間かけてそれらを食べたり飲んだりした。帰り際に、レジの前で財布を開き、ゆっくりゆっくり六五〇円を探し、ぴったりの小銭をトレーに置き、お元気？　と佐江子さんにたずねた。佐江子さんは、まあまあです、と答えた。そちらはどうですか？　とたずねると、エツさんは、まあまあよ、と答えてポイントカードを置き、佐江子さんはスタンプを押した。あともう五つでスタンプはいっぱいになり、抹茶フロートが無料になりそうだった。カードは二枚目だった。佐江子さんは以前、エツさんが一枚目に満了になったカードを、隣の席に座っていた母親と小学校低学年ぐらいの娘の親子の娘さんの方にあげているのを見かけたことがあった。母親がトイレに立った時に、いつも軽く震えている手でカードを女の子に差し出し、私は使わないから差し上げます、と言い残して帰っていった。

スタンプを押しながら、佐江子さんは、この人には抹茶フロートじゃなくて、いつも注文する抹茶ゼリーとほうじ茶を無料にするように店長に言ったほうがいいのかもしれない、と思う。抹茶フロートは七〇〇円だけど、抹茶ゼリーのセットは六五〇円だから、店側としては五十円得だし。

どうもありがとうございました、またお越しくださいませ、とエツさんの背中の曲がった小さな後ろ姿に向かってお辞儀をした後、べつのお客さんにお冷やを持ってきてくださいと声をかけられたので、佐江子さんはそちらに向かう。出入り口には、五十二歳の自分とだいたい同い年ぐらいに見える女の人が来ていて、メニューをのぞき込んでいる。その傍らを、金曜日は十七時からのシフトの雅美ちゃんが通り過ぎて店に入ってくる。雅美ちゃんはうつむいて、眉間をしかめていて、何かいやなことでもあったように見える。雅美ちゃんの身辺でいやなことがあるのはいつものことだ。

こんばんは、と雅美ちゃんとあいさつをし合って、店に入ってきた自分と同い年ぐらいに見える女の人の接客を任せる。佐江子さんは、テーブルの汚れをチェックし、お店の中にいるお客さんのグラスに水を注いで回る。またお客さんが一人来たので店に入れる。お客さんは、カウンターの席に座ろうとしたのだが、佐江子さんはより広く使える二人席に案内する。三十代半ばぐらいに見える女性のお客さんは、ちょっとやりすぎなぐらい恐縮して、一度おろしたリュックを両手で抱えてそちらに移動する。

接客していたお客さんの注文を厨房に通した雅美ちゃんは、その足で空いたテーブルを拭いている佐江子さんのところにやってきて、あの、今日終わったら空いてます？　晩ご飯行きませんか？　とたずねてくる。佐江子さんは、いつもなら「いいよ」とすかさず答えるのだが、その日は「ごめんね」と前置きして、ちょっと昨日あまり眠れなくて早めに家に帰りたいんだよね、と断る。雅美ちゃんはまず、ええー、と口元をゆがめて不満をあらわにし、その後、じゃあまた、次のシフトが同じ日にでも、と気を取り直す。佐江子さんは、いいよ、と答える。

雅美ちゃんはその日も、友達や付き合っている人の愚痴を言うつもりだったのだと思う。佐江子さんは自宅に帰ると、サブスクリプションサービスのドラマや映画を観るぐらいしかやることがないし、雅美ちゃんの終わらない愚痴を聞くのはやぶさかではなかったのだが、今日はどうしても家に帰りたかった。十四時の休憩の時に、地下に夕食もケーキも買いに行ったからだった。夕食にはローストビーフを一五〇グラム買い、ケーキはショートケーキにした。なんだかありふれた感じがして気が引けたのだが、誕生日だったので、第一印象を大事にすることにした。

雅美ちゃんは、制服のエプロンのポケットから折り畳んだシフトの表のコピーを取り出して確認し、次の火曜にわたし来ますんで、ごはん行きましょう、と真剣な面持ちで佐江子さんに告げた。大学二年の雅美ちゃんは、最初は佐江子さんを話が合うわけがない中年の女だと壁を作っているようでとっつきにくかったのだが、二人が働いている喫茶店が入っているのと同じデパートで下着会社の催事があったときに、偶然単発のアルバイトとして出くわし、昼ごはんのお弁当を一緒に食べてから仲良くなった。雅美ちゃんにとって自分の身の回りで唯一、佐江子さんが際限なく話を聞いてくれる人だったため、佐江子さんを気に入ったようだった。こんなふうに言うと、まるで雅美ちゃんが佐江子さんをごみ箱のように扱っているようでもあるのだが、それは人間関係の一面であって、忙しい時は自分の休憩を遅らせて佐江子さんの仕事を助けたり、家で焼いたというクッキーをくれたり、佐江子さんがタブレットで観たという映画に興味を持ってくれたり、それを実際に観て感想を言ってくれたり、気を遣ってもくれていた。

自分の若い頃は、自分自身の苦しみのことしか考えられなくて、愚痴を言うことが聞いてくれる相手の負担になるだなんて考えたこともなかったから、当然その埋め合わせをしようと思ったことなんてなかったし、それを考えると雅美ちゃんは大人だ、と佐江子さんは考えている。でもその日はとにかく、誕生日だから家に帰りたかった。来週の火曜日は、全力で相づちを打つつもりだ。

十九時十分に来たその日の最後のお客も、十六時に来たエッツさんと同じように常連の人だった。エッツさんはカードを作っているから名前がわかるけど、その初老の男性は、何度すすめてもカードを作らないので名前はわからない。でも、男性が何度も店に足を運んでくるうちに、注文をとる時や水を注ぎに行く時などに少しずつ話をするようになった。ある日男性は、二年前に奥さんと別れていて、息子には最近子供ができたので会いに行ったのだが、どうということはなかった、と佐江子さんに話した。

本当に、どうということはなかった、と初老の男性は、玉露の入った湯呑みをテーブルの上で握りながら、もう片方の腕で椅子の背もたれを挟んで、店の天井と壁の継ぎ目を眺めながら言った。そりゃ一通りにかわいいのはかわいいけど、向こうには何の親しみもなくてね、別れたばあさんから何を吹き込まれたのかわからないけど、私から距離を保とうとするんだな。息子は私に無関心だし、その嫁はもっとそうだし、その子供ときたらほとんど他人みたいだ。

そういうこともあるんですね、と佐江子さんは言った。店員さんは子供はいるのかい？　とたずねられて、佐江子さんは反射的に身を堅くしてしまったのだが、そうだ自分は事情を話す必要はないのだと思い直して、おりません、とただ平たく答えた。以前結婚していて、何年も子供ができなかったため、仕事を辞めてまで治療に通ったのだが、できなかった、とは言わなかった。元夫は、自分に原因があるわけがないと断言し、元夫の家族もそうだった。それで佐江子さんは家を出た。

そうか、と男性はうなずいた。そして、優しい人なのにね、と続けた。佐江子さんは、どうもありがとうございます、とお辞儀をした。

名前のわからない男性と立ち入った話をしたのはその一度きりで、それ以外は、映画の話やスポーツの話をしたりする。野球とボクシングの話をする。その日は、深夜の番組で長谷川穂積が出ているのを見かけたのだが、すごくおもしろかった、という話をした。相手のパンチをどうやって読むのか、かわすのか、についての解説で、すごく筋が通っていて感心したそうだ。

男性が帰って、すぐに閉店になった。レジをしめて、厨房の手伝いをして佐江子さんは帰宅することにした。更衣室で雅美ちゃんに、冷蔵庫の中に何か入ってますよ、と言われて、ローストビーフとショートケーキを入れっぱなしだったと思い出し、あわてて店に戻ってその二つを取り出した。今年思い立ったことだから忘れてしまったのだろうと佐江子さんは思った。誕生日を祝うなんて、五十二歳でもう、誕生日がおめでたいということもないのだけれど、毎年毎年自分が一つ年を取ったということ以上に、前の夫との家を出てきたのが十年前の誕生日だったため、別れてからこれで何年ということばかり考えてしまうので、いいかげん自分の誕生日のことをその上に置こうと決意したのだった。

働いている喫茶店の入っているデパートから最寄り駅までは、急行で三十分だった。駅からは十五分ほど歩く。部屋は1DKで、家賃は管理費込みで五万九千円。ちなみに、喫茶店の時給は一〇五〇円で、佐江子さんは一日八時間店に入って、月に二十二日働く。休みの日にもときどき、デパートで日給のいい催事がある時などは単発で働きに行ったりする。特に趣味があるわけではないし、やりたいこともないので、それでいいのだった。けれども、忙しい時の立ちっぱなしがそろそろ疲れてくるようになってきたので、弾性のストッキングを買った。効果は上がっているように思える。いつまで自分は立ったままで働けるのかと思うこともある。病気になったらどうなるのだろうという不安もある。以前喫茶店でアルバイトをしていた、社会福祉士の勉強をしている女の子によると、重大な病気の場合は、一時的に生活保護に入って入院や手術などの費用をまかなうという手もあるとのことだったのだが、本当にそんなことができるのだろうか。彼女は試験に受かるとすぐにやめてしまったので、それ以上のことは訊けなかった。連絡先は知っているので、たずねてみたら快く答えてくれそうではあるのがよかった。

二十一時半に帰宅した。おなかがすごく空いていた。疲れていたり空腹だったりして、炊事をする気力すらない時は、駅前の牛丼屋で食事をすませたりもするのだが、その日はローストビーフとショートケーキを買っていたので、我慢して何も口にせずに帰った。

昨日炊いたごはんを丼に盛って温め、ローストビーフをその上に置き、冷凍庫に入っていたネギを散らす。そして買う時にもらったソースをかける。ゆず胡椒を丼の端にすり付ける。一五〇グラムって相当あるもんだな、と思いながら、佐江子さんはタブレットを座卓の真ん中に設置して、動画配信のアプリを出す。佐江子さんはテレビを持っていない。結婚していた時の家から持って出なかったのが、そのままになっている。それでもタブレットがあれば動画を見ることに特に不自由はないし、ニュースも確認できる。

誕生日だし何を観ようかと迷って、『グランド・イリュージョン』を観ることにした。佐江子さんはマーク・ラファロが好きなのだ。他にいい映画はたくさんあるのだが、誕生日なので、ただ楽しい映画を観たいと思った。

いただきますをして、ローストビーフの丼を食べ始める。予想通り、見たままにおいしいことに佐江子さんは満足する。映画の三分の一を見終わった段階で食べ終わり、今度は紅茶を淹れてショートケーキの箱を開ける。佐江子さんは、まったく表情には出してないが、この状況をすごく楽しんでいる。早くも、来年もちゃんと誕生日をやろうと決める。

去年までは、自分が元夫のいる家から出てきてこれで何年、ということばかり、家で映画を観ながら考えていた。自分に原因はないということを言い切った元夫と、ちょうど結婚したい時期に傍にいたからといってその人と結婚した自分の判断を悔やんでいた。仕事を辞めることはなかったと悔やんでいた。このまま何もやらない人生を生きていくんじゃないかと恐れていた。しかし先月、ああ今年も誕生日が来るな、憂鬱な日が来るな、と思った時に、なんでそんなふうに思わなければいけないのか、と佐江子さんは疑問に思ったのだった。

それで今年は誕生日をやってみることにした。結果は悪くないと思う。ショートケーキは、映画の三分の二を見終わるあたりでいったん食べるのをやめて、終盤にさしかかると、またお茶を追加してフォークを手に取った。エンドロールの終わりと同時に、最後の一口を食べ終わって、佐江子さんはラグを敷いた床の上に寝ころんで、ガラス戸越しの空を眺める。部屋の光の反射で星などは見えず、ただ暗いということだけがわかる。

明日は休みで、単発のアルバイトも入れていないので、何をしようかと佐江子さんは考える。近所に山があるから歩きに行ってもいいし、一日中寝ていてもいい。気になっていた生命保険の相談に行ってもいい。離婚した時に無理してかけ始めたものが最近満期になるという知らせがあって、継続するのかほかのに入り直すのかずっと考えている。

携帯の通知音がしたので、バッグの中を見に行くと、雅美ちゃんからメッセージが来ていた。火曜日の仕事終わりに行くカフェだが、ここでいいかという店の紹介だった。佐江子さんは店のページを開いて、ちょっと高いなと感じたので、高いからドトールかサンマルクでいいよ、と書き送る。返事はすぐに来て、雅美ちゃんは、実はわたしもそう思ってました、給料日前なんで助かります、と言う。素直な人だな、と佐江子さんは思う。話を聞いてもらうんなら譲歩するのも当然なのか、とも考えついたけれども、それは打ち消す。

食器を洗うのが面倒だけど、明日休みだから明日洗えばいいか、と佐江子さんは目を閉じる。

誰かにお茶を出して話を聞くために生まれてきたんならそれでいいわ。

眠いけど歯を磨かないと、と佐江子さんは思った。体を起こして、ガラス戸越しに夜空を見上げた。戸を開けると、涼しい空気が入ってきて、佐江子さんは目をつむった。もう一杯お茶を飲んでから、今日は寝ようと思って、佐江子さんはゆっくりとあくびをした。

レスピロ

私は、窓口に対して横向きにレイアウトされているPCのデスクの上で、カードに大きく「escondar」と白抜きで書く。今日は忙しかったので三語目だった。家から持参した色鉛筆の色は、少し迷ってオレンジ色にする。かなり大きく書いたけれども、それでも少し寂しいと感じたので、アルファベットをげじげじとなぞる。それでアクセントに青を選び、げじげじの中にまだらを書く。「escondar」はどんどん毒々しくなっていく。満足がいったら裏返し、「隠す」と書く。私はスペイン語を学習しているわけではないけれども、明美さんにこれまで九五〇語を読み上げてもらった印象からすると、これは「エスコンデール」と読むのだと思う。「隠す」のにずいぶん勇ましい語感だ。

一つ一つの単語を、できるだけ印象に残る字体で描いて欲しい、というのは明美さんの希望だった。私がカードを作っている間、明美さんは窓口で、週に三度、ほとんどほかの患者や明美さんとの雑談目当てでリハビリ機器の利用にやってくる年寄りの男の人と話している。明美さんは愛想が良くて、私ならすぐに刺々しくなってしまいそうな、たとえば他の患者の誰々が今日は感じが悪くて、とか、何とかという政治家ははっきり物を言うから言ってることはよくわからないけど気持ちいい、とか、待合室の週刊誌で読んだけど、結局枕営業をしたようなものなのに、後から相手の男の批判を始める外国の女優はけしからん、といった話に、適当に応対している。

近辺の高齢化もあるし、リハビリ機器をいくつか置いていて遊具のように回れる整形外科、ということで、この医院を訪れる人の八割方は年寄りだ。整形外科なのに、風邪を引いてもやってくる。院長は内心でそういう患者たちを嫌っているが、大事な顧客でもあるので絶対に表には出さない。その代わり、少しでも患者たちに対して診療以外の負担があると、雇っている看護師やリハビリ補助や受付のパートにつらく当たる。そして私は院長も患者たちも嫌いだ。

あんたはまあ、男にそういう感じで迫られたことはない感じがするね、もうちょっと痩せないと、と患者に言われて、明美さんは、まあこれまでややこしいことにならなかったのは幸いですよ、と穏やかに返している。私は、明美さんに離婚歴があることを知っている。ややこしいことには充分なっている。

年寄りの男の患者はまだ何か話そうとする。明美さんがまだ話し続ける余裕があったとしても、自分自身が我慢ならなくなってきたので、私は、山本さん、このカルテ確認してもらえます？　と適当にそのへんにあった書類を取って、内容も何もないことを明美さんに持ちかける。本当は受付事務の夜間パートをやってるだけの私に、カルテのことなんて何にもわからない。

明美さんは、そういうわけで用事ができましたんですみません、また、と会釈して患者を帰すことにする。年寄りの男の患者は、また来るよ、と言い残して自動ドアの向こうへと消えていく。

「助かったよ。三池さん、話し出したらなかなか帰らなくて」

「横で聞いてたらいらいらして、つい」

「まあね、それはね」明美さんは肩をすくめる。「寂しいんだと思うことにしてる」

「そんなの自分の責任でしょ？　明美さんが受け皿になることないです」

皐月（さつき）ちゃんははっきりしてるなあ、と明美さんは笑う。明美さんと私は、整形外科の受付で一緒に働き始めて二年になる。私が後から入ってきて、その時点で明美さんはすでに一年働いていたので、仕事を教えてもらった。私は二十五歳、明美さんは四十五歳で、二十歳違うけれども、下の名前で呼び合っていた。明美さんが先に、私のことを「皐月ちゃん」と呼び始めたからかもしれない。友達も昼の仕事の同僚も上司も、私を名前で呼ぶ人は一人もいなかったので、なんで私のことを下の名前で呼ぶんですか？　とたずねると、明美さんは、「だってかわいい名前だから使いたくて」と笑って答えた。

はいこれ作りました、と「escondér」の単語カードを渡すと、明美さんは「エスコンデール」と「ル」を巻き舌で発音し、隠す、と呟く。それから、足元に置いているバッグからポケット版の辞書を出して引く。

「よかった。活用が規則形だ」

「よかったですね」

明美さんはメモ用紙を引き寄せて、何やら手早く書き始める。おそらく、活用を書いているのだと思う。それから発音する。エスコンド、エスコンデス、エスコンデ、エスコンデモス、エスコンデイス、エスコンデン。スペイン語の単語学習も九五〇語目ともなると、とてもさまになっているように見える。明美さん自身も、なんだかスペインと関係のある人のように見えてくる。

五〇〇語まで来た時ぐらいにその話をすると、違う違う、スペインじゃない、と明美さんは笑って言った。私は父親がペルー人なのよ。

そう言われてみると、確かに明美さんの真っ黒な目や太目の眉、穏やかだけれどもよく見るとはっきりした顔立ちは、南米の人の面影がある。

父は私が六歳の時に国に帰って、それからすぐに亡くなって、それっきりよ。言葉もほんの少ししか知らなかったし、そのまま三十五年以上経ってしまったから。

ルーツだから勉強しようと思ったんですか？　とたずねると、いや、暇だからよ、と明美さんは答えた。暇なのに私お金がないから。でもちょっと難しいなってことしてたらすぐに時間が過ぎるでしょう。

明美さんは、朝から夕方までは別の入院病棟のある病院の調理の仕事をしていて、週に三回はここで夜間の診療受付のパートをしている。私も同じように、昼は正社員で営業事務の仕事をしている。私は、仕事の後にパートをして家に帰ったら、夕食を食べて風呂に入ってしまうと横になる以外何一つできなくなってしまうけれども、明美さんは違うようだ。その話をすると、だって私はどっちの職場も近いからね、どっちも歩きで十分だし、と笑っていた。私の昼の職場だって電車で二十分なのだけれども。

三池さんの後は、比較的あっさりした応対をしてくれる患者さんを三人帰して、診療時間は終わりになり、私はトイレと待合室の掃除に出かける。床にペーパーモップをかけ、長椅子をクロスで拭き、外に出ている週刊誌をラックの中に片付ける。三池さんが話していた、海外の女優によるプロデューサーのセクシャルハラスメントに対する告発の記事が掲載されている。

私は、別の長椅子にもう一冊裏向けて置かれていた週刊の青年漫画雑誌の表紙を見て、すぐにまた裏を向ける。胸元を異様に強調してそれ専用の袋みたいになっているブラウスを着て太股の真ん中までしかないタイトスカートを穿いた女性が、上目がちに頰を赤らめて、太股の横に足をたたんで座る、いわゆるお姉さん座りをしているところを俯瞰で描いている。女性には首輪がついていてリードにつながっている。リードは斜めに引っ張られていて、その先には男のものと思われる手が描かれている。サドマゾヒズムを題材にしたラブコメらしい。絵はものすごくうまいし華がある。女性は支配的な男の家族がいたトラウマで、マゾヒスティックな形でしか男性と関われないそうで、主人公はそれの標的になって困っている、という話だ。作品内では性的な側面をほのめかすことが多いけれども、直接的な描写はない。他にも似たような境遇の女性が数人出てきて、主人公を取り合っている。そして私が内容を把握しているのは、気になって調べたことがあるからだ。

作者と自分は同い年だった。二十歳で私が応募した賞で、その作者は入選し、デビューし、連載を持ち、単行本が売れ、深夜にアニメ化され、さらにドラマになった。

その漫画や作者のことを考えていると、私はどこまでも憂鬱になり、わざと裏を向けてラックに差す。本当は表を向けて差さないといけないと教えられたのだが、待合室の雑誌の表紙が見えるか見えないかなんて特に誰も気にもしないことを私は知っている。

ひどい内容だと思う。世の中の人がどれほどそれを求めていたとしても、私にはそう思える。それだけ支持されているものを自分が受け入れられないことに孤独を感じるし、それだけではなくて、私は作者に一度はっきりと負けている。

夜間診療の受付のパートを始めたのは、元はと言えば液晶ペンタブレットを買うためだった。漫画を描くためだった。タブレットは買えたけれども、もう三か月以上さわっていない。作品を作ることを優先させるよりも、お金はあった方がいいということで私はパートをやめず、そのことに気力や体力を費やし、でも少しは稼げているから仕方ないと自分に言い訳をしている。

そうやって私は何もできていなかった。本当に家に帰ってご飯を食べて風呂に入ったら何もできないのかについては、言葉にするともっともだけれども実際は定かではなかったし、パートのない日にも私は何もしていなかった。ドラマを観ながらゲームをしているならまだいい方で、ひどい時はまったく興味のない芸能のゴシップ記事をサジェストされるままに読んだり、偏った健康関係の記事をぼんやり読んでは片っ端から忘れていた。

窓口から、皐月ちゃん掃除ありがとう、電気消していいかな？　という明美さんの声が聞こえてきたので、私は、お願いします、と返事をした。待合室の明かりが消えて、受付の窓口が暗い中に浮かび上がった。

＊

明美さんは九七〇語目に差し掛かっていた。思えば、その日に最後に作った単語カードが「adecuado, -da」で「適切な、ふさわしい」という意味だったのはちょっとした皮肉に思える。明美さんの九五〇語目から九七〇語目までの間に、私はパート先で不適切なことをやっていたからだ。

九五〇語目の日に、あの青年漫画雑誌の表紙を見てしまったことは、私を自己嫌悪からというマイナスの発奮をさせたけれども、結局は裏目に出た。

絵を描く気にはならなくても、とにかく漫画のことを考えよう、と数日の間、私は受付の細切れな空き時間に描きたい作品のプロットを作ってはメモ用紙に書き溜めていた。クリップでまとめた小さなメモを、パートの時間の間は一番手の届きやすい引き出しの書類の下に隠して、終業の時には必ずポケットに入れて持ち出すようにはしていたのだけれども、ある日に、最後の患者さんが、今日はすごく待たされた、と軽く文句を言い始め、そこから、この医院の患者を診察室やリハビリ室に入れる手順はどうなっているのか、ということについての長い説明を求められて、帰りがいつもより遅くなった、という不規則な流れもあって、私はプロットを書いたメモの束を引き出しの中に忘れてしまった。

風呂から出て髪を乾かしている時にそのことに気が付いて、ドライヤーは温風だったけど、体中がさっと冷えるのを感じた。

ものすごく心配することではないけれども、午前中に正職員として受付で働いている多田さんは、パートの細かいミスをしつこく指摘する人だったので、少しでも隙を見せたくないと思っている私は、万が一メモが見つかったら、いつまでも何か言ってくるだろうなという予感がしてうんざりした。

それもこれも、待合室であの雑誌の表紙を見てしまったせいだ、と私はお門違いにも作者を小一時間恨んだ後、いや、それよりも何か対策を講じなければ、と考え直し、図々しいけれども医院の近所に住んでいる明美さんに相談することを思いついた。昼間の正社員の仕事もパート先も含めて、私は明美さんにだけは自分が漫画を描いていることを打ち明けていた。

恥ずかしながら、創作メモを受付のデスクの中に忘れたんです、本当に申し訳ないですけれども、朝にでも行って取ってきてもらえないでしょうか？　お礼はします、と明美さんにメッセージを送ると、「ＯＫ」というスタンプが返ってきた。「忘れ物を取りに来ました、って開院前に寄りますね」

私は一安心して布団に入り、会社の近くの洋菓子屋で焼き菓子のアソートでも買って明美さんに渡そう、と考えながら眠りに落ちた。

次の日、パート先に行って顔を合わせるなり、明美さんは、あったよ、と言いながら古本屋のプラスチック袋に入れた私のメモを渡してくれた。明美さんを拝みながら、すみません、ごめんなさい、ありがとうございます、と袋を受け取り、代わりに洋菓子屋の紙袋を差し出すと、明美さんは、いいよいいよ、と両手を振って、そこで始業五分前になったので、私と明美さんは急いで着替えをすませて、受付へと向かった。

患者の訪問が途切れてきた頃合いで、あの、お菓子受け取ってくださいね、本当に私の勝手なお願いだったし、と言うと、明美さんは眉を下げて首を横に振って、いいの、私も申し訳ないことに、ついついちょっと読んじゃったし、と答えた。

「あ、そうなんですか。それはものすごく恥ずかしいですね……」

最終的な希望としてはいろんな人に読んでもらいたいものだし、行きすぎた願望充足や性的な内容はほとんど含んでいなかったけれども、それでも〈こんなことおもしろいと思ってて、しかも手をかけて作ろうとしてるんだ?〉ということが他人に詳らかにされるのは、基本的には恥ずかしいことだ。もちろん明美さん相手でもそれは同じだったけれども、嫌な感じはしなかった。多田さんにばれるよりは間違いなくましだと思えた。

「話、おもしろかったよ。それで先をどんどん見ちゃったのよ。ごめんね」明美さんは、自分が創作メモを見られたような様子で、恥ずかしそうに首を竦めた。「マリンチェの侍女の話なんだね。マリンチェのことは私も興味があるから」

私は、自分が目を見開いて明美さんを見つめているのを感じた。アステカ滅亡のきっかけを作った、コルテスの愛人で先住民族出身のマリンチェ。私が作っていたメモは、そのマリンチェの侍女として働くことになった少女を主人公にしたもので、コンキスタドーレスの侵略とマリンチェの手引きにより村を滅ぼされた彼女が、マリンチェの暗殺を計画しているのだが、それが叶う前に相手が若くして死んでしまって途方に暮れる、という話だった。

彼女は最後はどうなるの？　いや、漫画で読んで欲しいだろうけれども、それはちょっと先になるかなあと思って、と明美さんが言ってくれたので、私は、まだ決まってないんです、と答える。マリンチェと同じようなことを始めて成功するとかもあると思うんですけど、それはやっぱり閉塞感があって嫌で。全然違う国の未来の人間の傲慢かもしれませんが。

「旅立つのかもね」

明美さんは少し首を傾げて、先を考えようとするけれども、新しい患者が自動ドアの向こうからやってきたので、そちらに顔を向けて、こんにちは！　と元気に言う。私は、メモの束の入ったプラスチックの袋を眺めながら、確かにそうなるかな、と呟いた。

＊

九八〇語まで来て、明美さんはこれまで覚えにくかった、覚えてもすぐに忘れてしまう単語を割り出して、主にその復習をやるようになり、あと二十語というところまで来て単語学習はやや停滞した。理由はよくわかっていた。明美さんは私に遠慮してくれているのだった。九八〇語というところまで協力させておいて何を、って感じかもしれないけど、メモを実際に見ちゃうとね。

べつにいいんですよ、私だっていつもどんな話にするかを考えられるわけじゃないし、仕事の気晴らしになるし、と言ったけれども、明美さんは、自分自身もいいきっかけだからこのへんでちゃんと復習がしたいとのことだった。

私は、明美さんにメモを読まれて数日の間は恥ずかしくて、どんな話にするのか考えるのも嫌になっていたのだが、「おもしろかったよ」という明美さんの言葉が都合良く頭に残って、だったら続けてもいいのかも、と自宅でメモを読み返す回数を増やしていた。それに伴って、アステカの先住民の女性の姿の画像検索をしていると、自分なりに主人公はどんな見た目なのかということを記録したくなって、液晶ペンタブレットに三か月以上ぶりに電源を入れた。

パートから帰って一時間弱、二十二時半まで、家にあった食パンのトーストを一枚と紅茶を飲むだけ、風呂には入らないで、私は絵を描くことができた。二十二時半にやめたのは、そのぐらいの時刻に「過去に学習した単語からランダムに十五単語抽出して、日本語訳をメッセージで送って」と明美さんに頼まれていたからで、私は乱数アプリを使って選び出した十五単語分の日本語を明美さんに送った。

それから夕食を冷凍食品で簡単にすませて、風呂に入った。湯船につかりながら、自分は何かやる前に満腹になったり風呂に入ったりするとそこで行動が止まってしまうから、絵を描くまである程度食事の量を制限したり、やることをやってから風呂に入った方がいいんだろうな、ということを考えていた。

風呂から出ると、明美さんからメッセージが来ていた。「送ってもらった単語だけれども、正答率が60％ぐらいでした……。やっぱり苦手を割り出して意識的に繰り返しやるしかないよね。がんばる」。私は、お疲れ様です、と返信しながら、作業の質は違うものの、同じパートをしている人が同じ時間帯に何かをがんばってくれているのは、自分がそうすることに対してもいいことなのではないかと思った。

パートのない次の日も、私は職場から帰ってから液晶タブレットを起動し、正念場と思われたパートのあるその次の日も、食べ過ぎないし風呂には後に入るという時間割を守って絵を描いた。そして二十二時半には明美さんに単語の日本語訳を送った。明美さんは、私が送った単語の中から間違ったものを私の作った単語カードから抜いて、集中的に復習しているのだという。それからは、パート先で会うたびに、あの単語を覚えられてよかった、という話を私にするようになった。

私も少しずつ、詳しすぎない程度に、自分のやっていることについて話すようになった。昨日も少し登場人物の絵を描いてみました、最初の章に何を描くかの全体がなんとなく見えてきました、などなど。

パート先から二人で帰りながら、もうそろそろあの本は終わりですけど、次は何をやるんですか？　と明美さんにたずねると、うーん、決めてない、と明美さんはのんきに言った。明美さんは、今やっている単語集をパート帰りの道沿いにあるチェーンの古本屋で買った。その古本屋ができたばかりの時、会社でいやなことがあってなんとなく一人になりたくなくて、ちょっと寄ってみましょうよ、と明美さんを誘ったのだった。私は料理の本や旅行の本を適当に見て回っただけで何も買わなかったけれども、明美さんはスペイン語の単語集を買った。なんで？　という感じだった。その時点で私は明美さんからスペイン語のスの字も聞いたことがなかったから。

なんでですか？　とたずねると、え、べつに理由はないよ、と明美さんは言った。強いて言うと、何か始めてみたかったからかな。

皐月ちゃんにあの時、古本屋に入ろうって言ってもらってすごく感謝してる、と明美さんはその日の別れ際に言った。私、次の本をどうしたらいいかもよくわかってないけど、とにかくあの本のことを皐月ちゃんに手伝ってもらいながら勉強するのが楽しかったの。自分もまだこんなふうに何か新しいことを覚えられるんだなって思って。

話をもう少し聞きたい、と思って、私は、少し先のイートインのあるコンビニにお茶を買いに寄るから、一緒に来てもらえませんか？　と明美さんを誘った。いいよ、と明美さんはうなずいた。平日の夜遅くだったというのに。逆の立場だったら、私は断るかもしれないのに。

「皐月ちゃんには何の関係もないしょうもない話だけど、あの時ね、別れた元夫が再婚したってSNSで流れてきてね」そう言って明美さんは、砂糖をたくさん足して甘くしたカフェオレのカップに口を付けて、おいしそうに目を細めた。「その時点でもう別れて七年経ってたし、平気だろうと思ってたんだけど、だめなんだよね、見ちゃう。何か綻びがあればって、探してしまう。でもなんだか淡々としてて隙がなくて。当たり前みたいに幸せな生活をしてる。分譲の部屋の内見に行ったとか、二人で生活用品を買うために大きな百均をぶらぶらしたとか。馬鹿みたいに喜んでる方が〈馬鹿みたい〉って思えるからいいんだけど、そうでもない。元から、生まれた時からそういう幸せを持つ権利があった人みたいに振る舞ってて。そこに行くまでに私のことは傷付けたくせに何この人って」

よくある話だと思う。けれども、毎回親しい人から聞くたびに、なんでなんだと思う。その人自身の見る目が少し足りなかったのか、相手がいい人間でもないのにいい人間のふりをするのがうまかったのか。

「そんなことがあったなんて、私には全然わかりませんでしたよ」

「そうなんだ。悩んでたんだけど。わからなかったんならよかった」

緑茶に口を付けて、コンビニの駐車場の先の歩道を眺めながら思い返してみる。明美さんはずっと何事もないような顔をして働いていた。

「もうその怒りっていうか、不満が頂点になりかけてたところで、たまたま皐月ちゃんに古本屋行こうって誘ってもらったのよ。それで、目に付いた本をぱらぱらめくって、そんなに高いもんじゃないし、ちゃんとCDもついてるし、っていうのだけで買ったの。お守りみたいな感じで。というか、もうこれ以上感情の浪費をするのはやめるんだっていう、自分への警告かな」

それで自分だけでやって続けられるのかが不安だったため、私を巻き込むことにしたという。親しすぎる人だと簡単に挫折を申し出てしまうかもしれないから、適度に距離があって、真面目そうで、話す時間があって、よく会う人、といえば私だったそうだ。昼の仕事の人たちとは、一緒に長く働いているのでなあなあすぎてよくないと明美さんは判断した。

「私もその時落ち込んでたんですけど」

べつに大きいことじゃない。よくある、機嫌の悪い男の社員に八つ当たりされたとかそういうことだった。でも、機嫌ってなんなんだ、あんたの機嫌は私に撒き散らせばいいかもしれないけど、自分の機嫌はどこへどうやったらいいんだ、と疑問に思い出すと止まらなくなった。

「お互いに、あんまり良くない時だったのか」

明美さんは、良くない時などない人のような穏やかな顔をして笑った。

店を出て、そろそろ残り二十語の学習を再開しようと思っている、と明美さんは言った。するんですか？　と訊き返した時の自分の気持ちに過ぎったものは、寂しさだったかもしれなかった。

＊

それから一か月後、それまでのペースと比べると比較的長い時間をかけて残りの二十語の学習を終えて、明美さんは千個の単語を覚えた。私は、お祝いに明美さんを食事に誘い、いつもなら一緒に行くことのない最寄りの駅前まで一緒に行った。

あのね、本終わったからさ、パートやめることにした、とまったくもったいぶらずに明美さんが言ったことは、さほど意外でもなかった。院長には言ったんですか？　とたずねると、皐月ちゃんさえよければあさって言うよ、と明美さんは答えた。

「やめていい？　って皐月ちゃんに訊くのもなんか変だけどさ、すごくお世話になったから、なんか私が消えて負担がかかったりするのは本意じゃないし。だから、皐月ちゃんに迷惑かけない時期までいようと思って」

明美さんの言葉に、私は首を横に振った。

「やめたい時にやめてもらって大丈夫です。もう誰かに教えながらでも仕事はできます」

「それならよかった」

念のために訊くんですけど、正社員の仕事は続けるんですよね？　とたずねると、うん、それはね、と明美さんはうなずいた。

「昼の仕事の有給休暇が二十日貯まっててね。パートもしてたからお金ちょっとできたし、ペルーに行く」

正社員の職場は有給休暇の消化ができるけれども、パートはそうはいかないので思い切ってやめる、と明美さんは言いながら、二十三時まで開いているカフェのドアを押す。

「帰ってきてくださいね」

「そりゃ帰るよ。皐月ちゃんの漫画、完成したら読みたいし」

「べつにメールで送ったりもできるんですけどね」

「じゃあちょっと考えるな」

明美さんは冗談を言いながら、カレーとアイスティーを注文する。私も同じものにする。

「帰ってきてくださいよ？　友達以外の知り合いで私が漫画描いてること知ってるの、明美さんだけなんですから」

「そうか。それは貴重な立場ね」

「ペルーに行きたいからスペイン語の単語覚え始めたんですか？」

「いや、逆。ペルーに行こうかなあと思ったのも、皐月ちゃんがメモを引き出しの中に忘れてからよ。私もなんかやりたいわあって思って」

「そうなんですか」

私もまたちゃんと漫画描こうと思ったのは、明美さんが単語覚えてたからですよ、と告げると、それならよかった、と明美さんは片方だけ頰杖をついて笑う。

「最後の単語ね、respirar っていうんだけど、意味わかる？」

「先週カード作ったばかりなんですけど、忘れましたね」

「自分が覚えようとしてるわけじゃないんだから、そりゃそうよね」

明美さんは、斜め前から差し出されたカレーの皿を両手を出して受け取り、店員に会釈する。私の前にもカレーが置かれる。とてもいい匂いがする。自分もパートをやめようかなと一瞬思ったけれども、あまり遠慮なく外食にお金を使えるのもいいかなと考え直す。なんとかパートをしながら絵を描くペースもつかめてきたから、しばらくは続けようと思う。

明美さんは単語の意味を言わないまま、いただきます、と両手をあわせてカレーにスプーンを入れるので、それで、意味は何なんですか？　と私はたずねる。

「〈息をする〉」明美さんはスプーンを軽く吹く。「それがあの時ぱっと目に入って、ああもういいかげん息がしたいなと思ったの」

「そうなんですか」

　今は息ができますか？　とたずねると、カレーを口に入れた明美さんは目を細めてうんうんとうなずく。

「規則動詞だしね。うれしいことに」

「確かに、呼吸するって感じの語感ですよね」

　明美さんは二さじカレーを食べた後、運ばれてきたアイスティーを飲んでため息をつき、レスピロ、と言ってグラスを掲げた。レスピロ、と私も言って同じようにした。今日は休むけど、明日はまた家に帰ったら絵を描こうと決めた。そして、明美さんがペルーから帰ってくるまでには、あそこまで作業しよう、と考えた。

うそコンシェルジュ

うそを見破れないけれども、うそがばれたこともない。そもそも、私はあまりうそをつかないのでそう何度もばれようがないのだけど、ここぞというときについたいくつかのうそはばれなかった。

うそがばれないいちばんのこつは、自分がついたうそを覚えていることだ。あとは、ありえそうな内容のうそをつくこと。そして、うそをついた裏付けになることを、うそをつききるまではあらゆる公的な媒体に残さないこと。できればうそをついた目的が完了した後も、人目に付くところで口にしないこと。だいたいそれだけで、私がつく程度のうそは成立する。

相沢さんはその日、ＳＮＳで情報が流れてきたある芸能人のロケに出かけたいけど、先約があるので行けない、なんでどっちでもいい約束なんか入れちゃったんだろう、すっごくすっごく残念、と号泣している顔文字で、仲間たちに訴えて盛大に慰められていた。その先約の相手は私だ。

彼女とは、小規模な布の展示会で知り合った。狭い店で行われた会なのだけれど、盛況だったので、入場者は何十人かずつに制限されていて、私は店へと続く階段の行列で、入場を待っていた。相沢さんは、私の後ろに並んでいた人で、順番待ちの人々に店員さんが出してくれたアイスティーがおいしい、という話をなんとはなしに始めて、その場で一緒に行動するようになった。話すうちに、私の着ていたワンピースや、持っているバッグが、その店の布を加工したものであることに気づいた彼女は、私が縫い物ができることにいたく感心し始めた。

その後、流れで一緒に展示会の布を見て回り、その帰りに、店の近くのカフェでお茶を飲むことになった。そこで連絡先を交換し、私と相沢さんは知り合いのようなものになった。相沢さんは私より少し若くて、私よりぜんぜん着ているものにお金をかけている感じの人だったので、細々と自分で作った持ち物を誉められることは、今考えると気分が良かったのかもしれない。私と相沢さんは、その展示会でもらったフライヤーの別のイベントに行く約束をして別れた。

次に会った時、私は相沢さんに彼女と出会った展示会で手に入れた布を使って作ったコサージュをあげた。自分と、友人と、姪の分を作るついでに作った、大して手の掛からないものだったのだが、相沢さんはすごく喜んでくれた。友人と姪は、いわば身内で、私が何をしてもだいたいは優しく接してくれるものなのだけれど、相沢さんのような完全な他人から評価されたことは新鮮だったし、とてもうれしかった。そして相沢さんは、私の持っていたバッグをしきりにうらやましがり始め、そういうの欲しいなあ、自分に作れる腕があればいいんですけど、私不器用だし時間ないからなあ、と結構な長い間、自虐のようなことを始めた。いっこうにそれが終わらず、だんだん言うことがなくなってきた私が、一日で作れますんで、今度差し上げますよ、と提案すると、相沢さんは、ほんとですかー？　やったー！　と派手に喜んだ。私は、いつもすまんな、と言いながら自分の作ったものを友人や姪に押しつけているので、ここに私の作ったものを自発的に欲しがってくれる人がいる、とやや舞い上がっていた部分もあったのかもしれない。

相沢さんと私は、私的な話はほとんどせず、だいたい、どの店がいい雑貨を置いているとか、どの店のドーナツがおいしい、といった、休日の過ごし方の外周のようなものについて会話をすることにとどまっていたのだが、唯一相沢さんが自分の内面を見せたのは、あるボーイズグループにいる芸能人が好きだということについてだった。席の近くを通った別のお客が、その芸能人が愛用しているのと同じブレスレットを身に付けていたことに彼女が強く反応したので、そのことが判明した。芸能人は、主演のドラマが始まったばかりだそうで、相沢さんは今月、有休を何度も取ってロケ先を追って回っているそうだ。芸能人は、ファンサービスがとても良いらしく、いつもロケ後に時間を取って、サインや握手や撮影をねだるファンたちに対応しているのだという。だから、彼に「会う」ことは欠かせないとのことだ。

私は、彼女の話がほとんどわからなくて、そんなに人気があるの？　と姪の佐紀にたずねると、まああるけど、どっちかっていうと私たちよりはみのりちゃんの世代の人たちが一所懸命でかわいいとかってもてはやすタイプだと思う、と濁した答えを返してきた。みのりちゃんというのは私のことで、佐紀はおそらくその芸能人が好きではないのだろう。姪はそもそも、芸能人には興味がなく、画像を集めたりネットで追ったりしているのは、四国のチームの誰だかよくわからないサッカー選手だ。比較的近場をホームとしている実業団のチームから遠い四国に移籍してしまい、なかなか実物を見ることができないと悔しがっていた。ちなみに、写真を見せてもらったら普通にかっこいい人だった。

　そして暇な日があった。誰にでもあるだろう。家事をしないといけないし、部屋の掃除だってした方がいい、外に出て散歩をする日和でもあるし、趣味に費やしてもいい、レコーダーにたまった番組を消化するのも悪くないというそんな日に、びっくりするぐらいそのどれもに対してやる気が起こらない、という無気力な日が。心身のバッテリーが消耗したかのように、ただ寝転がって何もできない。かといって睡眠は十分にとってしまったので、眠ることもできない。そして枕元には携帯電話だけがある。そんな時についつい検索をしてしまう。忙しい普段は、脳の隅にとりあえず追いやって存在を無視している由無し事が、ここぞとばかりにいざり寄ってくる。あなた、これが気になってたでしょ？　今がそれを知る機会よ。あなたは本当はそれを知りたいのよ。

　それで私は検索したのだった。まったく知らなくてもどうでもいい、二度しか会ったことのない相沢さんが好きだと言っていた芸能人について。相沢さんのアカウントはすぐに出てきた。居住地が本人の言っていた住所だったことと、その芸能人と撮影したという写真で身に付けていたコサージュが、私の作ったものだったのですぐにわかった。私の周囲の人は、まったく誰もSNSのたぐいをやらないので、顔をぼかして隠しているとはいえ自分の写真をネットにアップロードしているなんて、この人が芸能人みたいだな、と思った。実際、相沢さんは、その芸能人を追いかけている人たちの間では、ちょっとした顔役であるようで、フォロワーもたくさんいた。

その時はそれで終わった。私は彼女から頼まれたバッグを作って、次に別のイベントに出かけたときに渡した。相沢さんは、ありがとうございますー！　と大きな声で言った。そして、その時私が着ていた、彼女と出会った展示会で買った布で作ったワンピースを誉めそやし、誉めちぎり、自分にも一着作ってくれないか、と打診してきた。材料費は出します！　と彼女は元気よく言った。私は承諾した。SNSを見たのだが、という話は言いそびれた。べつに身元を探ろうとしたわけでもなくやましいこともないので、言っても良かったのだけれども。

手を動かすことは好きなので、毎日退社後に淡々と製作をして、行きたい雑貨のイベントについて彼女に予定を問い合わせた。大丈夫です！　と文字上ながらやはり彼女は元気よく返事をした。で、またバッテリー不足の暇な日が来て、私は何となく彼女のアカウントを見て、会う予定の日に、追いかけている芸能人のロケが重なって見に行けない、どうして約束なんか入れてしまったのか、私のばか、と嘆いている発言を読んだ。何とも言えない気分になった。

その日は休みだったので、頼まれた服はとにかく完成させた。私は、レコーダーにたまっていた海外ドラマを見ながら、自分の作った服にアイロンをかけ、きちんとたたんで、先月行った服屋の紙袋に入れた。相沢さんは人なつこい人だな、と思った。人なつこいことと善人であることがうまくつながらないことだってある、と私は三十代半ばにして学習した。

SNSを見たので、とは言わなかったが、自分のせいで後悔をして欲しくなかったので、本当にその日でいいんですか？　××さんはロケをなさっているし、貴重なお休みですし、服を渡す用事はまだ先でも、と延期を申し出たのだが、相沢さんは、早く着たいのでその日がいいです！　と言ってきたのが意味不明だった。でも一方で、SNSでは仲間たちに、自分の代わりにお写真たくさん撮ってきてね、本当に本当に残念、と連日ふれ回っていて、私は、なんだかこの人すごく複雑な人だな、と思い始めた。私が延期していいと言っていて、自分もその日にべつにやりたいことがあるのなら、聞き入れてもいいと思うのだけれども。

私は、自分との先約について彼女が愚痴っていること以上に、その複雑さをだんだん重荷に感じ始めた。数えるほどしか会ったことがないので重荷も何もないのだが、休みを費やしてまで、知人レベルの人の行動に関して「なんで？」と思い続けることは時間の浪費に思えた。また、作った服をあげたくもなくなった。いや、べつにあげてもいいんだろうけれども、その後彼女と会うつもりはないし、そのわりに彼女が私に借りを作っちゃうよな、と思った。私は、そういう人間関係のバランスの悪さが嫌いだ。怖さすら感じる。

そういうわけで、私はうそをつくことにした。体調不良ですっぽかすのがいちばん手っ取り早いように思えたけれども、当日に知らせると急すぎて、彼女が芸能人の追っかけに行けないかもしれないし、前日だと、次の日に回復する可能性を考慮されてもいけないし、それはそれで難しいと思った。

いろいろ考えた結果、姪が体調不良で療養することになりまして、と私は約束の日の三日前に相沢さんに書き送った。詳しい状況はわからないんですけれども、私は彼女と仲がよいので、できるだけ近くにいたいと思っています。これまでもいろいろ親族の手伝いがあって、頼まれていたワンピースを完成させることも難しいという感じになってきました。すみません。この先の雑貨のイベントにも、行くのは難しいなという様子です。すみません。

えー残念です！　と相沢さんは書き送ってきた。ＳＮＳには、芸能人には会いに行けることになったけど、お友達がくれるはずだったワンピ無理になったみたい、と涙の絵文字付きで語っていて、また仲間たちに慰められていた。私は、うそで手に入れた終日の休みに、姉の家に遊びに行き、佐紀に相沢さんにあげるはずだったワンピースをあげた。よく似合っていた。うそに巻き込んだ責任があるので、佐紀に事情を話すと、うそはいけないと思うよー、と返ってきた。私は、つかずにはいられなかったんだよ、と答えた。

これが、私がいちばん最近ついたうそだ。相沢さんとはそれから、一度も連絡を取っていないし、ＳＮＳも見ていない。

＊

佐紀が、みのりちゃん最近うそついたよね、と問い合わせてきたのは、その三週間ほど後になってだった。私は、うそをついたことなんて人に言うもんじゃないな、と思いながら、つきましたが何か？　とふてくされ気味に答えると、佐紀は、私もうそをつかないといけないことになったから、ちょっとうその内容が大丈夫かどうかについて、みのりちゃんの意見を聞きたい、つきましては、と私の職場からの帰り道にあるコーヒーショップを指定してきた。佐紀の大学からも自宅からも一時間はかかるような、普段の行動範囲からは外れた場所で、なんだか佐紀の本気を感じた私は、わかった、と承諾した。

　ピクニックと山歩きのサークル〈レイジーベイビーステップ〉に、佐紀は大学一年の九月に加入し、この六月で十か月所属していることになるとのことだった。人数は十一人と、普通か少ないのかという程度で、女性ばかりで仲良く活動している。といっても、もてないから女ばっかりというわけではなく、だいたいの人にはそれぞれサークル外に誰かいるらしい。佐紀は、一年の時のゼミで席が前後だった女の子に誘われて入ったのだが、彼女は一年で大学を辞め、佐紀だけがサークルに残ることになった。活動内容は主に、名前の通りピクニックだとかゆるい登山で、それだけを聞くと無害な集団であるように思われる。

「そう思ってたんだけどさ、違ったんだよ」佐紀は、アイスクリームをのせたスプーンを口に含んで、顔をしかめて首を振る。アイスクリームを食べている状態でそんなことになるなんて、よほど内情はひどいのだろうと私は思う。「学食でフルーツ牛乳飲んでたらさ、次は豆乳がいいと思うよ、なんて言われるわけね」

　サークルの代表者である三年の宮橋さんは、すらりとした色白の美人で、かなりの高給取りの四つ年上の幼なじみと付き合っていて、雑誌に取り上げられた雑貨店兼カフェでアルバイトをしていて、そこでの立場はチーフで、大学の成績も良くて、人格も申し分なく、という人なのだそうだが、どうも佐紀のことは覚えがめでたくないらしく、佐紀にまつわるさまざまなことについて、必ず何か一言を言ってくるのだという。

「大人になってもお乳を飲むのって人間だけらしいよ、とか言うわけね。あと、にきびができてるのは昨日学食でからあげを食べてたからじゃないの、とか、睡眠不足なんじゃないの、とか。あと、山歩きに出かける時の服装が変だとかね。なんかおじさんぽいねとか。まあみんなお金かけてかわいくしてるんだけど、自分はバイトしてないからさ」

佐紀は二時間かけて実家から大学に通っている。仕送りいらずと引き替えに、平日はアルバイトがほとんどできないので、長期の休みにまとめてやっている。

宮橋さんの小言について、ひとつひとつは特にどうといったことでもないだろう、と言いたくなるのだが、毎日この手のことが重なると、ストレスになってくるらしい。宮橋さんを崇拝する周りのメンバーが、一緒になって佐紀の生活の雑な部分を咎めてくるのもつらいそうだ。そんな勉強の仕方じゃ絶対に単位落とすよ、と言われたり、めんどくさがった佐紀が、万事どうもすみません的な態度を貫いていると、そういうへらへらした様子じゃ就活失敗すると思う、などと言われたりもしたそうだ。

「そりゃやめるって言うよって思わない？」

「思う」

「でもなかなかやめさせてくれないんだな」

佐紀はこれまで二度、サークルをやめたいと申し出ているのだが、そのたびに、メンバーのアルバイト先であるカフェの個室で、佐紀ちゃんは私たちとちょっと違う感じだから、居心地が良くないんだよね、でも大丈夫、私たちが佐紀ちゃんに合わせるようにしてあげるから、何も心配しないで、と三時間に渡って説得され、そんなに言われるんなら、と佐紀が辞意を撤回すると、また元の扱いに戻るのだそうだ。

どうしてその人たちが、取るに足らないはずの佐紀の存在に執着するのかわからない、と思う。しかし、取るに足らないからこそ、彼女たちには何らかの通気孔として佐紀が必要なのかもしれない。仲間内でそんなものにされてしまうのなんてたまったものではないけれども。

「でも今度こそ、絶対にやめることにしたんだ。カフェでの話し合いにも行かないって決めた。そしたら、最後のお別れ旅行をしようってなってさ。一泊二日なんだけど、これ行ったらとって食われるな、と思うんだよ」

「そうだね」

私はうなずく。なので佐紀は、うそをついて旅行に行かないと決めた。しかし、なにぶんうそをつき慣れていないし、へたなうそをついてばれたらこれまで以上につらいことになるだろう。そこで、最近うそをついた人である私に、うその添削を申し込めばいいのではないかと思いついた。

「それで、どんなうそをつこうと思ってるの？」

「もうね、絶対に無理っていう条件にしないといけないからさ、それは何かっていうとお金じゃない？　だから、まずはお金が出せないってことにして、その理由は、彼氏に貸すことにしたからっていうことにする」

だめだ。0点だ。なんてうそのへたな子なんだ。いいことなんだけれども。

「お金なんか親に借りろって言われたらおしまいだし、だいいちあんた彼氏いないでしょう？」

「まあ、いないね」

でも、メンバーの人たちはよく男の人のことでドタキャンしたりするからさ、こっちのも受け入れてもらえると思わない？　と佐紀は言うのだが、私は首を振る。うそとしてだめなのは当たり前として、ばれた時の佐紀へのダメージは計り知れない。

「病欠はだめなの？」

「旅行の日の前日に体育の授業があって、病気だって言うためにはそれを休まないといけないと思うんだけど、その授業三回休んだら自動的に単位もらえなくなるんだよね……」

佐紀は教員免許のために体育の授業を受講しているのだが、すでにもう二回その授業は休んでいるのだという。それはほんとに病欠で、一回目は風邪、二回目は食中毒だそうだ。

「じゃあ法事は？　忘れてましたって言って」

「もうこれまで二回使ってる……」

だろうな。うそのオールタイムベストを佐紀が使っていないわけがないよな。

私は、とりあえず持って帰って考えていい？　と佐紀に許可を取り、カフェオレをもう一杯注文した。佐紀は普段バイトをしていないくせに、おごるよ、などと言ってきて、私はそれを断ろうとしたのだけど、佐紀の心意気を無駄にしたくない気持ちもあったので、その日はおごってもらうことにした。

*

〈レイジーベイビーステップ〉のメンバーは、だいたい学食に隣接したウッドデッキで食事をとっているとのことだった。そこは、宮橋さんの威厳ある佇まいに由来する力で確保されている、サークルに所属していない学生からしたら特等席のようなものらしく、佐紀も何度かうらやましがられたりしたのだが、どうでもいい、夏暑いし冬寒いし虫来るし、次の授業の教室でさっさとごはん食って昼寝する方がいい、と言っていた。それでも、昼休みに学校にいる限りは、その時に在校しているメンバーと食事をとらないといけないという暗黙の了解があるらしい。恐ろしいことに、そのサークルでは、一年の最初に時間割の提出を求められ、幹部たちに平日の行動をすべて把握されてしまうのだそうだ。表向きには、助け合って授業を乗り切っていきましょうね、ということだが、佐紀はべつに、先輩たちから何かを教えてもらったということはないし、誰かが代返に出てくれたということもないという。履修する授業が決まった後に、この先生すごく厳しいから試験なかなか通らないし無駄だよ、だとか、この授業つまんないよね、有名だよ、と言われたことはあるそうなのだが。

私は、仕事と仕事の谷間で暇だったので半休をとって、今からうそなんてつこうとしていませんよという顔を作りながら、郊外にある佐紀の通う小さな大学へと静かに入っていった。うそをつく現場である、学食に隣接したウッドデッキにたどり着くまでにあやしまれた時の自分自身の設定については、教科書の営業か、学生課の中途採用かで迷ったのだが、学生課のほうだと実際に募集しているかしてないかを問い合わせられたら終わりなので、教科書の営業のほうにする。再来年度の、英米文学科のやつだ。入学案内を調べて、いちばんえらくて忙しそうな感じの先生の名前も暗記した。

乗り換えの駅で思い立って、アイラインをもう一度入れて、前髪を斜めに流してみることにした。いつもはまったくそういうふうに見られないのだが、今日はきつく見られたほうがいいので、鏡の前で一分ほど斜に構えてみて、それなりに見えてきたのでよしとした。近所なので突然来た、という態を装うために、汗は入念に拭いて化粧を直し、服のしわを正した。

佐紀には、今日のために数日前から伏線を張っておけ、と伝えてある。これこれこういう事情があって、絶対に旅行には行けません、ごめんなさい、じゃなくて、「行けなくなるかもしれません。そうなったらごめんなさい」と言っておいて、と私は指示した。「絶対に行けません」と断言してしまうと、やはりうそっぽくなってしまうからだ。断崖絶壁に追いつめられて、絶対に行けませーんと言いながら仰向けに海に落ちていくイメージがある。それはどちらかというとうそくさい。

ウッドデッキを目指して、背筋を伸ばして大股で歩く。とにかく自分は自信満々で、あらゆる物事が思い通りになると考えていると言い聞かせる。本当は、まったくそんなことはないのだけど。

佐紀に教えてもらった通りに、校舎の配置を確認しながら歩き、学食に到着すると、学食の入った三階建ての建物に沿った植え込みが途切れる部分に、ウッドデッキがはみ出しているのが見えた。その植物が植えられている方の角に、女の人の一団がいて、その中に佐紀がいた。隅っこに座って、浮かない顔をして、隣の席に座っている大きな体の男子学生のカレー皿をじっと見ていた。

佐紀ちゃーん！　と私は大声を上げて手を振る。佐紀の名前をこんなに大きな声で口にするのは初めてだ。

「近所だから来ちゃった！　今日ね、突然おけいこ事が休みになっちゃって」

おけいこ事は料理教室という設定にしている。昔ちょっと通ってたし。

私はずかずかと歩きながら、ウッドデッキに上がる階段を上って、佐紀の元にたどり着く。そして、お友達ですか?!　とにこにこ見回す。佐紀のサークル仲間たちは、一瞬あっけにとられたものの、そのうち稲が揺れるように私に向かって会釈をする。姪がお世話になってます、と私は満面の笑みを浮かべて言う。

「今週末、晴れるらしいよ。良かったね、千畳敷楽しみだね！」

私が肩を持って揺らすと、佐紀は斜め下を向いて、歪んだ笑顔を作りながらうつむく。とりあえず何も言わずにそういう顔をしておけと私が言ったからだ。

サークルの旅行という先約を覆すために、しがらみのある相手が突然旅行に誘ってきたので行けないといううそを考えた。私は佐紀の自分勝手な叔母という設定だ。金持ちで、佐紀の大学の入学金を援助しているため、佐紀の家族も私のことは扱いかねている。今までは恋人がいたので、外出や旅行のたぐいはそちらとしていたのだが、最近別れたので、佐紀を連れ回すことに決めた。今週の千畳敷に行く計画は、そのほんの序盤だ。これから振り回す気満々だ。佐紀がもうサークルのことなんて構えなくなるぐらいに。

ね？　という顔付きで、佐紀はサークルのメンバーたちを見回す。彼女たちは、私を見つめたり、隣の女子と軽く顔を寄せ合ったりしながら、不穏な雰囲気に耐える。真ん中に座っている、宮橋さんと思われる女性が、池田さんが旅行に来れなくなって残念です、最後なのに、と小さい声で言う。

「最後のお出かけの機会にごめんなさいね？　私お友達がいなくて、佐紀ちゃんしか旅行に付き合ってくれる人がいないから無理言っちゃって」

私は、目を見開いてぐるりとメンバーたちを見回す。佐紀は目を伏せる。端的にうそをついて後ろめたいのだと思うのだが、普通に落ち込んでいる感じに見えて悪くはないと思う。

「お部屋のキャンセル料とかは私が払いますんで」これは本当は佐紀が出す。三日前なので三割負担だが、旅行に行かずにすむのなら屁でもないと佐紀は言っていた。「だからごめんなさい！　皆さんにそれだけを言いたくて。あ、佐紀ちゃん何食べてるの？　おにぎりとお味噌汁と冷や奴？　力出なさそう！　私お料理教室に通い始めたからさ、明日からお昼食べに来てよ！」

自分のことを信じ切っている人を力強く演じていると、だんだん脳内で何か得体の知れないものが分泌されてくるのを感じる。鏡を見ていないからわからないけど、こういう時に人間の目ってぎらぎらするもんなんじゃないだろうか。私が目を合わせようと女子たちの顔を見回すたび、おもしろいように彼女たちはうつむく。

じゃあね、と私はにこにこしながらウッドデッキの階段を降りて、大学の正門を目指して大股で歩き始めた。短い間のことだったけど、自分を偽るのは疲れる。

私が去って、誰かが話し始めてから一分後、誰も話し始めないのならば百を数えた後、佐紀は、あの人最近彼氏と別れたらしくて、と暗い声で説明することになっている。他に言わなければいけないのは、あの叔母に入学金を援助してもらった、ということと、大学の近くに住んでいる、ということだ。前者に関しては、佐紀の母親が当時体調を崩していてパートを一年ほど休んでいたからという理由で、後者に関しては、これ以上佐紀がサークルの人たちと昼ごはんを食べなくてすむようにだ。二度も佐紀の辞意を撤回させた人たちが、サークルをやめるぐらいで食事に誘ってこなくなるとは思えなかった。当分は、大学から少し離れた場所まで昼ごはんを食べに行かないといけないけれども、歩いて十分以内のところに、クラスの友達の下宿があったり、飲食物持ち込み可の市立図書館のテラス席があったりするので、すごく困るというわけではないだろう。

大学の正門を出て、私鉄の最寄り駅で電車に乗り、連結付近のいちばん隅の座席に座ってため息をついた。うそは疲れる。疲れるから私はほとんどつかない。

*

　また佐紀からうそについての相談があったのは、それから一か月後のことだった。あれから順調に、サークルの元お仲間からは離れ、昼ごはんを大学の近所に住むバカ親戚である私のところで食べているという設定で進めるべく、友達の下宿で食べたり、市立図書館のテラスで食べるようになり、ストレスが軽減して胃痛がなくなり、肌荒れも良くなってきたそうなのだが、どうも佐紀がサークルから足抜けした身であることに感づいた人間がいるのだということだった。

「まさかあんた脅されたりしてる？」

「いや、そういうんじゃないんだけど」

　前と同じコーヒーショップで話を聞いていた。佐紀は、アイスクリームを口に入れているときはほとんど放心しているかのような表情で深く味わっているので、おそらくサークルの件に関してはもうあまり悩んではいないのだろうと思われて、私はほっとしていたのだが、またうそを考えろとは。

「図書館のテラスでごはん食べてること、同じ大学の人にばれたらいけないからさ、けっこう慎重にどういう人がいるのか、行くたびに離れたところからチェックしたり、顔がばれにくいような端っこの席使ったりしてたんだけどさ」

なんだか大学で見たことがあるような、見たことがないような顔の若者を、二日連続で見かけたのだという。地味で無害そうではあるのだが、佐紀の方を折にふれてちらちらとうかがう。しかし佐紀にはそうされる覚えはまったくなく、まさか自分のことが気になるのか、いやいや、などとおめでたいことを考え、とはいえどんな機会がその若者との間に訪れようと、今は油断をしてはいけないのだ、と自分に言い聞かせて図書館に行くのはやめた。すると今度、若者は、ある授業の終了後に、廊下で待ち伏せして佐紀を呼び止めた。

あの、突然で本当に申し訳ないんだけど、という言い出しはまともだったが、それに続く言葉は、佐紀を愕然とさせた。

「『もしかして最近、うそをついた?』とかって言われたんだよ。何この人超能力でも持ってんの? それで私をゆすろうとでもしてんの? って感じでしょ」

「ゆすられたの?」

私の問いに、佐紀は首を振った。

いや、ついてませんよ、と佐紀はいったんは答えた。しかし彼は、でも、あのサークルを抜けるには、大がかりなうそでもつかないと無理だって友達の友達の彼女が言ってたって聞いたんだよ、と食い下がった。

「谷岡君ていうんだけど、その人。私と同じ学年で。友達の友達っていう人が、ひとつ年上の彼女と付き合ってて、その彼女があのサークルに入ってたらしい。ていうか今も在籍してるはずなんだけど、私がサークルに入るのと入れ替わりに休学しちゃってて」

体調を崩しているらしいのだが、佐紀の口振りでは、あのサークルに入っていたことが原因だろうということは伺い知れた。谷岡君は、サークルの内情を知りながら、ときどきウッドデッキで優雅に食事をしている彼女たちを観察していて、そこにずっといたはずの佐紀がある日いなくなっていることに気付いて驚いたのだそうだ。それからいくらか経って、昼休みに本を返しに市立図書館に行ったところ、佐紀がテラスでやきそばパンをうれしそうにかじっているのを見かけて、いったいどうやって足抜けしたのかと考え始めた。

「うそをつくことが悪いっていう話をしたいんじゃないんだよ、今は、って言うんだよ。じゃあ何なんだよって話を聞くと、むしろ自分もうそをつきたいからうまいうそのつき方を教えてくれっていうのね」

そっちも何かのサークルを抜けたいわけ？　と佐紀が聞くと、谷岡君は、首を横に振り、おばあちゃんにうそをつかないといけなくなったんだ、と答えた。

＊

谷岡君との面談は、谷岡君が住んでいる下宿の一階の喫茶店ですることになった。佐紀の大学の元サークル仲間に見つかることはないだろうか？　と私は一応警戒したのだが、大学からは電車で三駅ほど離れた場所だったので大丈夫だと思う、とのことだった。私は念のため、窓越しに外の道路がよく見える席に座った。佐紀の元サークル仲間と思われる人物が通ったら、迷わずテーブルの下に隠れるつもりだ。佐紀からはサークルの集合写真を預かっていて、街でもあのバカ親戚が実は仕事に疲れた地味な女だということがばれないように気を付けている。

そして谷岡君は、いきなり他人にうそをついたのではないかと問い合わせて、自分と一緒にうそのつき方を考えて欲しい、とかなり突拍子もないことを打診してきたわけなのだが、そういうことをしても佐紀があまり警戒をしなかったというのはよくわかるな、という様子のぼんやりした青年だった。

「ばあちゃん、兄夫婦にお金を無心されると、どうしても断れないみたいで。七年前までずっと正社員で働いてたし、それからもけっこうパートとかしてるし、じいちゃんの遺産もあるし、年金とかもあわせて、ぜんぜん持ってないとかじゃないんだけど、でもすっごく持ってるってわけでもないと思うんですよ」

谷岡君は、腕を組んで首を傾げ、心底困ったなあという様子で、自分が頼んだアイスココアにはまったく手をつけずに続けた。

大まかな話は以下だ。谷岡君には十歳年上の結婚している兄がいて、兄には六歳の息子がいる。兄自身は、あまり教育に興味があるタイプとは弟の谷岡君も思えないのだが、兄の妻という人が、どうもかなりそういう人らしく、しかし兄夫婦はそんなに息子の教育にばかりお金をかけられるほど高収入というわけではないし、夫婦の両親、つまり谷岡君兄弟の両親や、谷岡君の兄の妻の両親も特に余裕があるというわけではないので、夫婦は、夫が亡くなったのち、一人で質素に暮らしながらも、どうもそこそこ貯金はあるらしいという、谷岡君のおばあさんに目を付けた。それで、塾だの習い事だのといった教育にかかる費用を、何くれとなく出させるようになったのだという。

「そりゃばあちゃんが自分の使いたいようにお金使うのはいいんですけどね。でもこの前、一緒にモネの展覧会に行ったときにね、グッズ売場に睡蓮の柄の傘があって、三八〇〇円とかだったんですけど、最近物入りだからって諦めちゃってたんですよね。あんなに睡蓮好きなのに」谷岡君のおばあさんの家のカレンダーは、毎年、谷岡君がアマゾンで探してくる睡蓮だけが毎月印刷されたカレンダーなのだという。「だからほんと、かなり出してんだろうなあ、と思うと、なんかかわいそうになってきて」

兄夫婦は、息子の教育費だけでなく、ちょっとした旅行の代金や、洋服代なども、谷岡君のおばあさんから引き出すようになってきたそうだ。谷岡君がそのことを両親に言って注意を促しても、おばあさんが出したいのなら仕方がないだろう、と相手にしてくれる様子はないようだ。

「じいちゃんと住んでた小さい一軒家にまだ住んでるんですけど、べつに持て余してるわけでもないのに、ここ処分してお金にした方がいいのかなとか言い出すし、どうもね。ほんと」

そこで谷岡君は、自分が兄夫婦よりもお金が必要なふりをして、おばあさんからお金を預かり、それをこっそり返そう、という案を思いついたのだそうだ。

「で、自分でオレオレ詐欺みたいなことをしようと思って、痴漢の疑いをかけられて示談金がいるんだとか一回言ってみたんだけど、ばあちゃんは、弘樹がそんなことするわけないんだから自分が相手のところに行ってとことん主張してくる、とかって言い出したりして、なかなかうまくいかないんですよね」

あと、高い服を買ったとか、高い教材を買いたい、とか言っても、へえどんな服買ったの？と言われたり、あんたはかしこいから変な教材なんてなくたって大丈夫だよ、と言われたりして、やはりうまくうそがつけないらしい。

なんとなくわかる、と私は思う。お金が必要、と口先では言っても、谷岡君の場合、体全体から無欲な感じがにじみ出すぎている。満たされているというのともちょっと違うのだが、どうなっても身の丈の中でやっていけそうな感じはする。それがいいことなのか悪いことなのかはわからないのだが。

「何か心底欲しい物ってある？　お金のかかるもので」

私はそうたずねてみたのだけれども、谷岡君は腕組みをして、うーんと唸り、今は物とか以上に来年の就活ですね、ちゃんと就職して貯金したら、欲しい物はいつか買えるわけだし、と谷岡君は答えた。

孫としてはきっといい青年なのだと思う。しかし、うそつきとしてはあんまりなんだろう。べつに私だってそんなに欲深いわけでもないのに、うそについて相談されるような人間になったわけだから、これからはわからないのだが。

谷岡君は、一息に事情を話して疲れたのか、深いため息を一つついた後、冷たいココアをストローで吸い込み始めた。結構な速さだった。自分は谷岡君よりだいぶ年上だし、ここは出した方がいいのか、でも自分は依頼されている立場ではあるし、谷岡君が出してくれたりするのか、いや普通に割り勘か、などとどうでもいいことを考えていると、窓の向こうで、小学生ぐらいの男の子が、おそらく店の植え込みに入り込んで店内をのぞき込んでいることに気が付いた。すごくそわそわしていて、左右に移動しながら、おそらく、そちら側を背にして座っている谷岡君の顔を確認しようと窓に顔をくっつけているのだが、どうもうまくいかないようだ。

私が顔を上げて、その様子をじっと見ていると、男の子は、まずい、といった表情で顔をしかめて、さっと窓の下に身を隠してしまう。どうしよう、なんか貸衣装でも借りてこれ百万するんだとか言えばいいのかなあ、などとぶつぶつ言っている谷岡君に、外に男の子がいるんだけど、と告げると、谷岡君は背後の窓を振り向く。男の子は、見つかりたくないのか見つかりたいのか、自分でもよく分からない感じで、いったんは逃げようとしたものの、やはり戻ってきて、おずおずと手を挙げる。

「甥です。その、兄夫婦の息子の」

谷岡君はそう言いながら、ちょっと失礼します、と立ち上がって、店を出ていき、すぐにリュックサックを背負って黒い長方形のケースを持った男の子を伴って戻ってくる。名前と学年をこのおねえさんに言って、と谷岡君が言うと、男の子は、るきやです、小学一年です、とおずおずと言う。

「流れるに、澤穂希の『まれ』に、なりって読む『や』で、流希也です」谷岡君はそう説明して、男の子を隣に座らせる。「何しにきたの？　習い事じゃないの今日？」

谷岡君はそう言いながら、流希也くんの前にメニューを出す。流希也くんはうつむいて、ばつが悪そうに黙っている。見るからに後ろめたい。さぼりだろう。何だかはよくわからないけど、その長方形のケースに関わりがある。

「お母さんに迎えに来てもらおうか？」

谷岡君がそう言うと、流希也くんはぶんぶんと首を振る。谷岡君は手をこまねいて、まったく困ったという様子で頭を傾ける。

「さぼらせちゃうと文句言われるの自分なんだけどなあ……」

「今まで何回かあるの？」

私が質問するのと同時ぐらいに、谷岡君は、どうしよう？　オレンジジュースでいい？　と流希也くんに確認した後、店員さんを呼んで注文し、先月一回来ました、と答える。

「その時は、教室に行く途中におなかが痛くなって、自分ちで休んでたっていうことにしたんですけど、美和さん、兄の嫁ですけど、その人に、なんですぐに連絡しないのって文句言われたし、でも迎えに来てもらおうって言うと断固いやがるんですよね」

「教室いやなの？」

何の教室だかはわからないけど、私はわかっているような顔をして流希也くんにたずねる。流希也くんは、十五秒ほどじっとうつむき、やがて、うん、とうなずく。

「オーボエです、これ」谷岡君は、流希也くんがテーブルの上に置いた長方形のケースを軽く叩きながら言う。「あと何習ってんだっけ。スイミングと英会話と……」

「え」

「なに？」

「え」

「絵か。そう、絵です」谷岡君は、もうほとんど残っていないココアのグラスの、氷が溶けた部分を吸い込んで、はーっとため息をつく。「そのうちの四分の三の月謝は、ばあちゃんが出してるって話です」

　小学生なのに大学生の自分より忙しいなあ、という谷岡君の言葉に、流希也くんはうなずかなかったが、ゆううつそうに店の中の端から端まで視線を流した。疲れている、という感じだった。

＊

　おばあさんにうそをつくというのは、本当に気の進まない話だと思う。内実もそうだが、字面がとにかく悪すぎる。いくら谷岡君の兄夫婦が、それってどうなんだろうという理由でおばあさんからお金を引き出していたにしても、うそをついているわけではない。ただ、自分の息子の習い事の授業料の補塡をおばあさんに頼んでいるだけだ。翻って谷岡君は、これ以上兄夫婦にお金を引き出されないようにという善意からとはいえ、うそをつこうとしている。うそをつかないけど身内を財布扱いすることと、そんなことはしないけどうそはついて一時的にとはいえお金をとることでは、どちらが悪いのだろうと思うと、私は眠れなくなった。

仕事も忙しかったし、もしかしなくても谷岡君の事情に付き合っている場合ではなかったのかもしれないけれども、谷岡君を見捨てることで、佐紀が元サークル仲間たちにうそをついたことが誰かに伝わってしまうのではと考えると、むげにするわけにもいかなかった。谷岡君が、うその依頼を断られた腹いせに、佐紀の事情についてふれ回るような人間だとは考えがたかったけれど、万が一というのもあるし。

谷岡君も悩みながら、私の考えたうその準備をしているようだった。谷岡君には、大学生活の中で困難だったことを思い出して、リストにしておいてくれ、という宿題を出してある。そして、うそをつくのがいやになったら、いつでもこの話は忘れるんで、といちおう伝えた。そんな中にあって、いちばん気楽そうにしていたのは、協力してもらうことになった佐紀かもしれない。

「残業続いてるの？」

「そうだね」

「どのぐらい？」

「毎日一時間半ずつだけど、三週間ずっとだとボディブローのようにくるね」

私の言葉に、就職したくないなあ、と言いながら佐紀は、携帯を構えて、私がいちばんやつれて見える角度を探す。私は、できるだけうつろな目つきをして、ホテルのエレベーターホールに置いてあるソファの肘掛けに両腕をもたせかける。ソファの真横には小さいテーブルが置いてあり、花瓶が飾ってある。中国の青磁のような色を基調とした壁や床やソファは、見ようによってはわびしげに見える。儚げな感じ、が目標だったが、自分で自分の写真を確認しながら、自分自身に対して儚げとか言うのはどう考えてもばからしいので、とにかく元気がないように見えればいい、という方向で画像を作ることにした。

とりあえず、今抱えている仕事が、納期前に仕様変更されたらどうしよう、という心配を突き詰めて妄想していると、すごくしんどそうな表情が撮れたということで、私と佐紀は撮影を終え、ホテルを出て谷岡君と待ち合わせているコーヒーショップに向かった。

「家に昔の写真あった？　印画紙のやつ」

「あった。お母さんが出してくれた。みのりちゃんが、タイヤぶらんこに乗ってる二歳の私の背中押してるやつ。それ以降は全部デジカメになっちゃってた」

「年の離れた仲のいい姉妹に見えるかな？」

「いちおう見えると思う。十五も離れてるようには見えなかった」

写真の高校生の時のみのりちゃんさ、中学生みたいだったよ、と佐紀は言いながら、席で待っている谷岡君におーいと手を振る。谷岡君も手を振り返す。私は二人を見比べながら、付き合ってるようにはどうも見えない、と心配になったのだが、男女のことだしそのへんはなんとかなるだろうと思い直す。

荷物を置いてカフェオレを買ってきて席に着くと、谷岡君は、お疲れさまです、と頭を下げる。いやいや、と私は首を横に振って手をあいまいに動かす。これからうそについての話し合いをするというのに、お疲れさまというのも変な話だ。

「流希也またうちに来たんですよね、昨日」

「昨日だったらオーボエ教室か、また」

自分が、本来ならぜんぜん関わりがなかったはずの流希也くんの習い事のスケジュールを把握していることが、つくづく妙に思える。とにかく流希也くんはオーボエをやりたくなくて、しかし流希也くんの母親である谷岡君の兄嫁はオーボエをやらせたいようだ。名のある先生を探したとかで、月謝は四万近い。本人に、どの習い事がいちばん好き？　とたずねると、流希也くんは、「え」と答えた。流希也くんがこなしている四つの習い事のうちで、いちばん月謝が安いものが好きだというのもまぬけなもんだと思う。

「これ以上休んだらまた美和さんに何か言われるから、昨日は教室まで自分が連れてって、帰るまで待ってたんですけどね。あ、お忙しいところほんとに時間を割いてもらってすみません」

谷岡君には仕事が忙しいことを伝えていなかったが、顔を見たらすぐわかるぐらい疲れているのかもしれない。とはいえ、谷岡君がおばあさんにつくうそについては、なんとかまとめた。設定はこうだ。

谷岡君は佐紀と付き合っている。長いことととても仲の良い友達で、大学生活のいろんな局面で助けてもらったが、ほんの最近付き合っているなという感じになってきた。佐紀の両親はすでに亡くなっていて、親戚もいない。しかし佐紀には十歳年上の姉がいて、姉妹は支え合ってこれまで生きてきた。その姉が難しい病気を患っていることが最近発覚した。治療法はあるにはあるが、保険がきかない。姉自身の貯金と佐紀のアルバイト代で、五分の四までは出せるのだが、残りがどうしても出ない。その分を、どうか貸してはくれないだろうか？

谷岡君と佐紀がおばあさんに申し込む借金は、流希也くんの習い事の援助額の約二年分ということに決めた。額が高すぎてもおばあさんは貸してくれないかもしれないし、低すぎても、まだ援助を続けてしまうかもしれない。おばあさんに、谷岡君の事情にお金を貸すか流希也くんの習い事に援助し続けるかを選択してもらわなければいけなくて、かつ、家を処分するという考えには至らないような額、ということで、そのへんはすごく悩んだ。

私の写真を用意したのは、私が佐紀の姉という設定だからだ。昔の仲の良い姉妹の写真と、現在のつらそうな姉、ということで、おばあさんの同情を買えればいいと思った。

うその決行の日は明日だ。私は体が弱っているという設定なのでその場に行けないのがすごく心配だったが、谷岡君が何度も私の話した筋書きを復唱している様子を見ると、安心とはいかないまでも、大惨事にはならないだろうという気はした。問題は、うそをつくのがへたな佐紀が、高校生の頃のみのりちゃんさ、緑のふちのメガネかけてたの本当に似合ってなかったよ、などと脳天気なことを言っていることだった。

「とにかく佐紀は黙ってうつむいて、ときどき、ごめんなさい、か、本当にお願いします、って言ってたらいいのよ」

わかったよー、と佐紀は言って、アイスクリームの最後の一口を名残惜しそうにすくって口に入れた。

*

当日は、谷岡君の下宿の一階の喫茶店でやきもきと待っていたのだが、成功したと思います、という連絡が谷岡君からあったときはほっとした。谷岡君の大学生活の危機について、一年の時にインフルエンザで欠席した時に、必修の時事英語のテストの範囲を聞き逃したのを教えてくれた、という話では、佐紀が、ボストン茶会事件のところが出たよね、と口を挟んできたので冷や冷やしたのだが、そうだ、時事英語じゃなかった、英国史の授業だった、と谷岡君のほうが訂正してなんとか切り抜けたそうだ。他にもいくつか、谷岡君のアルバイト先が夜逃げしたときに次の職場を紹介するだとか、授業の抜けているノートをコピーさせてくれるだとかといったちょっとした危機を、佐紀のおかげで切り抜けられたと谷岡君はおばあさんに話した。

そうやって、谷岡君の生活の端々で佐紀は役に立ってきて、最近付き合うことになった、と結んだ後、こういう報告と同時にこんなつらい申し出をするのは心苦しいのだが、という流れで、谷岡君は佐紀の姉であるという設定の私の病気について、おばあさんに切り出した。

超高額でもないが、まったくの他人においそれと貸せる金額でもないので、おばあさんは、最初は気がすすまなそうにしていたが、佐紀が畳に手を突いて頭を下げようとすると、お姉さんのことで大変な上に、私にまでそんなことしなくていいから、と言ってくれたのだという。佐紀は、泣こうと思ったけど泣けなかったから、はなをすすりながらずっとうつむいていたらしい。谷岡君のおばあさんはたぶんいい人で、自分はなんでこんなことをして、お金が必要でもないのにこの人をだまして借金を申し込んでいるのか、改めてわからなくなった、と佐紀は言っていた。その話を聞いて私は改めて、うそをつくことのエネルギー消費の大きさについて考えさせられた。人間は、ごまかしたり、自分に不利なことを黙っていたり、自覚もなくその場限りのことを言ったり、うその仲間のような悪行をいくつも重ねるけれども、その中でもうそは強い推進力を必要とする特殊なものなのだと思う。

佐紀と私の写真と、会社帰りの私の画像は、話の最後に見せた。おばあさんはとても同情してくれて、佐紀も谷岡君も、なんだか申し訳なくて本当に借金をさせてもらうような気分になっていたのだという。佐紀は、私が病気から復帰して仕事に戻った際には、できるだけ早く、必ずお給料から借金を返す、という借用書を書き、おばあさんは谷岡君に、じゃあまたお金を取りに来て、と言われて、谷岡君と私と佐紀のうそは、とりあえずのところ成立した。谷岡君はおばあさんに、ちゃんとお金は返してもらうから、このことは家族に言わないでくれ、と頼み込みながら、自分はいったい何をしてるんだろうと思っていたのだという。やましさはおそらく、感じる者の肩にだけどんどんのしかかっていくのだろう。

後味は良くなかった。もっと別なやり方で、谷岡君のおばあさんに理不尽な援助をやめさせる手段はなかったのだろうかと思う。私たちはうそをついたが、谷岡君の兄夫婦はただ、無邪気にお金を出せる人に出してもらおうとしていただけで、うそはついていないことがつらかった。

その後谷岡君は、各銀行の利率を調べて、いちばんましなところに口座を作り、そこにおばあさんが貸してくれたお金を預けた。キャンペーン中だったので、谷岡君はお米とミニ加湿器を景品としてもらった。お米はおばあさんにあげて、ミニ加湿器は佐紀がもらうことになった。私には、うそに協力したお礼として、選べるギフトのカタログを手渡してくれた。私は何度もそのカタログを精査したが、何も頼む気にはなれなかった。

＊

それからしばらくして私は、病気が治ったという態で、谷岡君と佐紀と一緒に、谷岡君のおばあさんを訪問することになった。流希也くんも、その日はべつにさぼりではなかったが谷岡君を訪ねてきていたので、四人で谷岡君のおばあさんの家に行った。へんな四人組だと私は思った。私が相沢さんにうそをついたことを佐紀に話さなければ、顔を合わせることもなかったかもしれない四人だった。

谷岡君の兄夫婦の様子はわからなかったが、突然お金が入り用になったので、しばらく援助はできない、とおばあさんに告げられて、どうも立腹している様子であるということが、谷岡君には両親を通して伝わってきているらしい。

人数分の麦茶を出してくれた谷岡君のおばあさんは、話で聞く印象よりも若々しく、しっかりした人に見えて、私は改めて怖くなった。そんな人に、おかげんはいかがですか、とか、お元気そうで何より、だとか声をかけられると、私はうそをつきとおす自信がどんどんなくなっていく気がした。やっぱり、うそはごまかしよりも先延ばしよりも沈黙よりも良くないものだ。改めて、うそは疲れると思った。

少し元気になったように見えた流希也くんは、ぼくオーボエ教室やめることになったんだ、とおばあさんに報告していた。お母さんが、もう通わせられないって。もう行きたくなかったから、ちょうど良かった。スイミングもやめることになった。どっちも行きたくなかったから、それでいい。これからは絵を、週に二回習いにいって、英語が週一回になるんだ。流希也くんの両親が、おばあさんの援助なしに余裕を持ってお金を出せるのは、おそらく英会話と絵画教室だけだったのだろう。

おばあさんは、複雑な顔つきで流希也くんを見下ろしていた。これから友達とも遊べるし、ひいばーばのところにも、もっと遊びに来れるよ、と流希也くんはにこにこして言った。おばあさんは、そうね、とうなずいた。そして、流希也がやりたいことをやって元気にしてるのが、ひいばーばのいちばんの望みだわ、と続けた。

おばあさんは、この子の母親の美和さんがあさってやってくるのが憂鬱だと言っていた。美和さんは今のところ、突然援助ができなくなってしまったことについて何か一言あるとは言っていなかったが、きっとそういう話になるだろう、とおばあさんは言った。

「さあなんて言おうかしら。お友達と旅行に行くことになったって言うにも、大きな額だしね。どうしようかしら」

おばあさんが手をこまねくのを見て、私は、それはですね……、と言いかけてやめ、しかしやはりこのうその責任はとらなければならないと思い直して、改めて「それはですね……」と言った。

早い段階でべらべら白状し始める私を、佐紀と谷岡君は呆気にとられて見ていたと思う。この人、うそは考えられるけれども、良心の呵責には異様に弱いんだ、と。

そりゃもう土下座でもする気にもなっていたけれども、おばあさんの反応はクールなものだった。

おばあさんは、真顔で私のうそについて聞いたあと、何かあるとは思ってたんだけどねえ……、と呆れ果てたように言った。

「もうちょっとやりようがなかったの？　とは思うんだけど、私自身にも、うすうす流希也がいやがってるしためになってないなって習い事もあるなと思ってたし、じゃあ自分がお金を出すのは本当は誰のためなんだろうと考えるところもあったんだけども」

しばらくの間、誰も話さなかった。佐紀と私には何も口にする権利はなかったし、おばあさんと谷岡君には、気付いたことを指摘できるような厳しさはなかったということなのだろう。流希也くんだけが、おばあさんが出してくれた麦茶を飲み干して、自分でお代わりをしていた。

「お金、返すよ」

谷岡君がやっとそう言うと、おばあさんは、まだ現金で持ってるの？　と意外なことをたずねてきた。谷岡君が、預けた口座の詳細を言うと、おばあさんは少し考えるような素振りを見せたあと続けた。

「そのまま置いといて。そこに預けたいなとは思ってたの、ほんとに」

「お預かりしてたキャンペーン贈呈品のミニ加湿器をお返しします！」

佐紀はそう間髪いれずに言って、私は、ギフトカタログもそのままです！　と付け加えた。

おばあさんは溜め息をついて、加湿器も欲しかったから、早めによろしくね、カタログはうれしいわね、と言った。

流希也くんは、ひいばーばの麦茶ほんとにおいしいね！　とご機嫌で笑った。

*

先週末で大きな納期が終わったので、私たち社員は元通り定刻通りに帰ることができるようになり、職場には心なしか安堵の空気が漂うようになったのだが、にもかかわらず、朝から隣の席の小島部長はため息ばかりついていた。けっこうこれ見よがしで、理由を聞いて欲しそうなのだが、万が一そうでもなかったらお互いに気まずいので、私はそのことには言及しないでいた。

そして昼休みが終わってついに、小島部長は、林本君、と声をかけてきた。

「なんでしょうか？」

「ゴルフは好きかい？」

「やったことありませんね」

「そうだろうな」

その話はそこで終わったのだが、一時間後、また小島部長は声をかけてきて、ゴルフとサッカーならどっちが大事だと思うかね？　とちょっとした愚問を呈した。

「人によるんじゃないでしょうか」

「私はサッカーなんだけどね」

そこから小島部長は、来週末に行われる取引先との遊びのゴルフと、高校のサッカー部のOBが集まって紅白戦をするという予定が重なっていて、そりゃ会社員としてはゴルフに行かないといけないのだが、人間としてはサッカーに行きたいのだ、だってめったにない機会だし、という話を切々と始めた。私はどちらにも興味がないので、それに手芸のイベントが重なればそれに行く、ということばかり考えていた。

「ゴルフを休むのに、どういう、その、いいわけ、をしたらいいかなと考えていてね」

いいわけじゃない、それはうそだ、と私は心中のみで訂正する。

「娘さんの参観とかはどうでしょうか？」

「だめなんだ。娘はもう大学生だからね」

「じゃあ法事は？」

「去年同じ取引先とのゴルフでそれを使った」

「急に高熱が出たということにされては？」

「前日にその会社の工場に視察に行くんだよ。それは抜けられないし、その後すぐに体調を崩したら不自然だろう」

「結婚記念日は？」

「うちは父子家庭だからね」

　知らなかった。すみません、とあやまると、べつにいいんだ、隠してもないしおおっぴらにもしてない、と小島部長は答える。私は、今年度から同じ部署で働いている小島部長が一人で子育てをしていたとは知らなかったことに、なんだか必要以上の罪悪感を感じてしまう。とりあえず、今のこのやりとりの中ではじゃけんにする事は許されないだろう。

　私は、少し考えて小島部長に向き直り、娘さんの就活の相談会に行くとかではどうでしょうか？　最近はよく親ぐるみで活動するって聞きますけど、と提案する。

「就職のことはどうしても切実ですし、娘さんがらみだと部長自身から距離があるので、うそだと見破られることはなかなかないと思いますが」

　そうか、わかった、そうしよう、ありがとう、林本君、ありがとう、と小島部長はメモをとり始める。

「なんていうか、林本君がそんなにすぐにいいわけを考えられるとは意外だ」

「いいわけじゃなくて、これはうそですよ」

「まあ、そういうのは人聞きが悪いから言いたくないんだけど、うそがうまいということになるのかもね」

「うまいかどうかはわかりませんけど、今からうそを言うのか本当のことを言うのかは常に把握してますよ」

私は答えた。そして、小島部長に立ち入ったことを話させてしまった穴埋めとはいえ、うそをすぐに考えついたことが恥ずかしいと思った。

続うそコンシェルジュ

——うその需要と供給の苦悩篇

さな子が突然「行けなくなった」と言ってくるのは何回目だっただろうか？　さな子が「会おう」と言ってきた日は、もともと姪の佐紀と絵の展覧会に行って、帰りにもんじゃ焼きを食べるつもりだったのだが、さな子が、この先三か月は予定が詰まっているので、この日しかだめだ、と言ってきたため、じゃあ晩ごはんに行こうか、と私から提案して、佐紀に対しては、残念ながらもんじゃ焼きはナシで、と調整した日だった。さな子と行く店は、私が予約したスペイン料理屋だった。

そのさな子との予定がキャンセルになったこと自体は仕方がないと思っていた。しかし、キャンセルになった土曜日の二日前に、あやまりたいのでウェブ通話で話したいというさな子からの申し入れをまんまと受けたのがいけなかった。さな子は、「ごめん」という謝罪もそこそこに、「どうして行けないのか」という理由について話し始めた。

先日、ある男のタレントが、ある女性の俳優と、ある球場の自由席で並んで野球を見ていた、という目撃情報が現在流布しており、SNS上の知人のヒマリちゃんが、二人は付き合っていて結婚目前だと言って回っているのだが、自分は違うと思っていて、みんなはそのことをどう解釈しているのかと検索したり調べて回っていたらとてもとても疲れてしまった。だから約束の日に食事には行けない。

私は、ごめんね急に、という言葉の直後に、さな子の口からその男のタレントの名前が出た時点で、通話を承諾したことを後悔した。測ってはいないが、話し始めてだいたい一分でその名前が出てきたはずだ。せめて二分は待てよと思う。

二人はその球場で試合をしていたチームの片方の熱狂的なファンで、実は小学校が一緒だったりするから（女性の俳優のほうが三学年上）、本当にただの友達じゃないかってほとんどの人が言ってる。付き合ってると主張するのはそのヒマリちゃんだけで、なんでかっていうと、ヒマリちゃんは男のタレントだけではなく、その女性の俳優も好きで、メイクや私服の感じなどを真似していて、同一化しているから、要するに願望を言っているのだ。

私は、パソコンの前に両肘を突き、顔を両手で覆いながらその話を聞いていた。通話を、メイクを落としてしまったからという理由で音声だけにしていてよかった。

さな子の意図はなんとなくわかった。平日にSNSを見過ぎて疲れたため、もともと約束をしていた土曜日に外出するのはなんとなくわずらわしくなったが、そのわずらわしさを作り出した原因についてはどうしても話して発散したい。だから違う日に私をつかまえたのだ。

誰かに会う予定の少し前に想定外のことが起こって、その予定にどうしても乗り気じゃなくなる、体が動きそうになくなる、ということはたまにある。それはわかる。でも自分なら、そういう時はうそをつく。「体調を崩した」「風邪を引いた」「体調管理ができておらず申し訳ない」と言う。そうやって平あやまりして、何らかの埋め合わせを申し出て、そこで話をやめる。

「ヒマリちゃんはそういう痛いところがあるから、みんなに嫌われてるんだよね」

「あの、前にもその子のことは聞いたんだけど、もうミュートしたりしてあんまりかまわないようにして、頭から追い出したほうがいいよ、って言わなかった？」

「うーん。でも、私が無視してるみたいになっちゃうとみんなが気まずくなるし。リアルの付き合いもあるし」

「そうなんだ……」

「そうなの。みんなの中でいちばん何か発言するのってヒマリちゃんだし」

学生だから暇なんだろうね、みんな嫌ってる、とさな子は続ける。私は「みんな」って誰？とたずねたくなるのを我慢する。その代わり、暇だからヒマリなのかな？と訊くと、えー違うと思う、でもおかしー、とさな子は笑った。元気そうな声だった。

「私が暗い顔を見せるとみのりに迷惑がかかると思って」

「いや、暗い顔でいいよ私は。暗い顔だと迷惑がかかるなんて言ったことあったっけ」

「えー、ないけど。みのりは優しいから、自己判断で。よく考えたの」

私の渾身の反駁にも、さな子は少しもこたえていないようだった。

時計を見て、三十分以上この話に心を奪われると負けだ、と考え、とにかく理由はわかったし、平日だし、じゃあこれで、とかろうじて言うと、あーうん、とさな子は少し不満そうな声を出した。

「ねー、自分が参考にしてる女優と自分の好きな芸能人がくっつく妄想をしてるヒマリちゃんって、みのりから見ても痛いよね？」

「どうかな。わからない。人それぞれだから。自分が納得いってない人は、ＳＮＳ上での発言を見るだけであっても疲れるから、関係を考え直したほうがいいんじゃないかな」

「それはできない」

さな子はきっぱりと言った。なら自分も話は聞けない、という言葉を私は呑み込んで、じゃあ、これから寝るから、疲れてて、と言うと、まだ九時なのに？　とさな子は食い下がってくる。

「木曜日だし、もう無理だよ」

じゃあね、またいつか。私はそう言って、逃げるように通話から退室した。そのままの勢いでパソコンの電源を落として、さな子に言った通りベッドに仰向けに寝転んで携帯を手に取り、佐紀に「もんじゃ焼きに行けることになった。一度だめにしたのにごめん」とメッセージを送った。

おおーやった。でもなんで？

会う予定だった高校の友達が行けなくなったたって。

そうかー。まあみのりちゃんが行けるんならなんでもいいや。もんじゃ焼き楽しみ！

勢いでさな子についての悪い印象を書き連ねそうになったけれども、佐紀のその一言で自分の中に滞留していたものが七割がたは流されてしまったのを感じて、「自分も楽しみにしてる。ごめんね」と書き送って、やりとりはやめた。

佐紀に愚痴を言って迷惑をかけることにならなかったことには安心したが、さな子の今日の行動については、これからの対応を考え直さなければ自分のエネルギーが吸い取られるばかりのような気がして暗澹たる心持ちになった。

さな子が「SNSを読みふけっていて疲れた」という理由で予定をキャンセルするのは二回目だった、ということを思い出した。普通は、よほどあやまる覚悟がない限りはそんな理由は正直には言わないものだが、さな子はなぜか今回もそうした。

うそをついてくれるほうが楽だ、と思う。あやまるのが面倒なら、うそで取り繕ってくれるほうがいい。そのほうが自分も簡単に諦められる。うそもつきたくもない、充分にあやまる気もない、それでそれ以上に自分の言いたいことを他人に渡してこようとするさな子との付き合いを、自分は本当に考え直さなければならないと思うのだが、「考え直さなければいけない」と思ってしまうような縁について考えることはものすごく疲れる。

だから「体調が悪い」でいい。どうしてそのぐらいのことをさな子が言わないのかというと、それは正直だからという以上に理解されたいからだ。「予定はキャンセルしたい」と「その理由について理解されたい」を両取りするとなると、「体調が悪い」では条件を満たすことができない。うそである「体調が悪い」は「キャンセルしたい」はともかく、「理解されたい」とはシナジーが良くない。

ただそんな両取りは、すべてさな子の都合なのであって、どうしても約束を守ることができないのであれば、「理解されたい」を捨て、うそをつくリスクをとって欲しかった、と私は思う。

うそをつくリスク、略してうそリスクは、決して馬鹿にはできないものだ。うそはつきっぱなしにはできない。うそは覚えておかないといけない。うそをついたがゆえに、捨てなければならないものもある。それらを受け入れてうそはつかれなければならないが、さな子はうそリスクは引き受けなかった。本当のことを言ったうえに、それにまつわる愚痴を私に呑み込ませた。

同じぐらい自分がさな子を大事にしない機会がこの先になければ、今は悲しくて仕方がないけれども、それも思いつかない。もう忘れるしかない。あーでもせめて「風邪です」ぐらい言ってくれよ四文字だろ、などとだらだら考えていると、気が付いたら二十二時になっていて、なー！　と私は思わず声をあげた。

くだらないことに感情も時間も奪われて嫌になる。本当にこのことについては、佐紀に「もんじゃ焼きに行ける」と連絡したときに手放すべきだった。もう二十二時なので、コンビニに行ってアイスを買うぐらいしかリカバリの方法が思いつかないのだが、部屋着からかろうじて外に出られる服に着替えるのもつらかったので、仕方なく、お茶を淹れて湿りかけたビスケットをつまみながら携帯ゲーム機でゲームをすることにした。結局、二十三時半までやっていた。

明日会社に行ったらあさっては行かなくていいことだけが救いだった。

＊

次の週の月曜日のことだった。昼休みが終わってすぐに、隣の席に座っている小島部長に、そういえば、林本君はいいわけが得意だよね？　と唐突に声をかけられた。私は、ちょっと傷ついた、という顔を作り、小島部長の方を見て、なんなんでしょう？　とたずねた。

「いや、得意だよね？　そういう話をした記憶があるんだけど違った？」

ほら、取引先とのゴルフと高校のサッカー部のＯＢの紅白戦が重なった時に、うまいいいわけを考えてくれたことがあったじゃないか、と小島部長は言い募った。

「いいわけというかうそですね」

「うんまあうそだね。で、得意だったよね？」

うそが得意とか本当に不名誉なことだし言われたくないのだが、小島部長は、言われたこちらが首を傾げたくなるほど単なる事実であるかのように述べた。

「得意とかじゃないです。ちょっと考えたら、誰にでもうそは組み立てられるものだと思います。単純に、ついたうそを覚えていて、それに対して勤勉になればいいだけのことです」

うそをつくことに関する簡単なコストについて小島部長に話しながら、私は、さな子が自分に対してつかなかったうそのことを思い出して、勝手に気が滅入ってくるのを感じた。

うそすらついてもらえない（取り繕ってすらもらえない）ぐらいバカにされていることと、うそであしらわれる程度の人間であることではどちらがましなのだろう？　この先意見が変わるかもしれないが、本当のことを言われてうんざりしたことが近い記憶としてある私は、後者のほうがましな扱いのように思えた。

「回りくどい言い方をするねえ」

かちんと来るけれども、まあその通りではあるので、要はうそついたことは忘れずにその後も取り繕って管理すればばれないってことっすよ、と私は小島部長の口調に合わせるような雑な感じで付け加えた。

「そうかあ。私からするとうそは管理以前の問題で、ゼロイチでうそを考えられること自体がすでにすごいと思えるよ」

「そんなことすごいと思われてもですね……」

「我が社にも私のようにうそを考えられない人間がいてね。この近所においしいそば屋があるんだけども」

小島部長はいきなりうそからそば屋に話の方向の舵を切り、私は相手が上司ということもあって、はい、そば屋ですか、と一応相づちをうつ。

「わりと昔からあるらしいんだけど、飲み屋が集まった一帯の路地にあるちょっとわかりにくい店でね、私は週に一回はそこで昼ごはんを食べるんだけれども、技術部にそこの常連がいるんだな」

「はい」

「廣野君という」

「あ、知ってます」

私より二年先輩の人だった。新卒の一年はいろんな部署で下っ端の仕事をさせられるのだが、その時にけっこうお世話になった。えらそうにしないし、仕事の指示もわかりやすいし、困って相談したらちゃんと答えてくれるし、単純にいい人だった。

「廣野君はいい人間だと私は思うんだけれども、今週末の同窓会というか、同学年の近くで働いている者同士の食事会がとても気鬱らしくてね」

「風邪ですって休んだらいいじゃないですか」

「えーとね、廣野君のほかにA・B・C・D・Eという参加者がいたとする」

「はい」

「廣野君はEだけが苦手なんだよ。それで、Eが来るかどうかは当日までわからない。仕事が忙しくて予定が読めないからだそうだが、私からしたらEはもったいぶった人間だからだよ」

「あーありますね。嫌な奴に限ってね」

「廣野君は、A・B・C・Dにはできるだけ会いたいと思っている。そしてA・B・C・Dとの関係を良好に保つために、そして六人の友情に傷を付けないためにも、彼らにEをめちゃくちゃ嫌っていることを知られたくない。それでももしEがいるとしても、十五分は耐えられるそうだ。しかしそれより先は……」

小島部長はそこで言葉を切り、目を閉じて首を横に振った。けっこういつまでもそうしているので、私もつられて目を閉じて首を横に振ってしまう。

「そこで相談なんだが、廣野君はまずその食事会に参加するとして、Eが来た場合にうまく帰ることはできないだろうか?」

「あるあるですねえ。とりあえず〈仕事の呼び出しがあった〉じゃないでしょうか?」

「それが難しいんだな。A・B・C・Dの中のAがこの社の人間で、廣野君と部署が隣同士なんだよ」

「なるほど。それは難しいですね」

その場合、廣野さんにその時仕事が入ったかどうかについては、A氏本人に特に問い合わせの意思がなくても「食事してたら廣野に仕事の電話がかかってきてさ」、と廣野さんの部署の人になんとなく言うだけでばれてしまう可能性がある。

「うん。私なら、〈おなかが痛い〉で帰りたいところだが、食事会に参加しておいてEの前で腹痛で帰ったりしたら、Eはえんえんとそのことをついてきそうだとのことだ」

「あー。おまえはあの時ピーで帰ったから、ピーでピーな奴でこれから一生ピーな、みたいなくそつまんないことを言うのがおもしろいと思ってる人なんでしょうかEは」

「だと思う。廣野君がEとできるだけ関わりたくない理由は、Eが廣野君をばかにしながらも近くに置きたがるからだと言っていたね」

信じられないけれども本当のことだ、と小島部長は付け加える。私は、小島部長がそういう感覚を本気で「信じられない」と言っていそうなことに、ちょっとしたおめでたさと、けれどもいい人ではあるんだろうという、わりとよくある組み合わせの印象を覚えた。

「よくいますよ、そういう人。廣野さんが狙われるのはなんとなくわかる気がします」

それは廣野さんがいい人だからだ。それでたぶん、Eが持っていない、持っていないことに本人も気付いていないような、なんらかの心の安寧のようなものを廣野さんが持っているからだろう。

「一緒に考えてくれるかい？」

「いいですけど、私たちと同じ会社の人が残りの四人の中にいるのであれば、会社の外の誰かに協力してもらわないといけないんで、その都合がつけばですよね」

そう言いつつも、私の頭の中ではEから廣野さんを逃がす方法が形になりつつあった。そういうことを熱心に考えてしまうのは、廣野さんがそれなりにいい人だと知っているからでもあったし、Eのような人物が単純に嫌いだからでもあった。


食事会の店は、ボックス席が半分以上を占めるアメリカンレストランだった。ハンバーガーが一九八〇円ぐらい、ステーキが三五〇〇円ぐらいというような。

廣野さんとは、週の半ばの退社後に簡単な打ち合わせをした。あ、林本さんめっちゃひさしぶりだねー、今回はありがとー、と言う廣野さんは、相変わらず人が良さそうで、ちょっとぽっちゃりしていた。廣野さんのおごりでそば屋の鴨南蛮を食べながら、私は、食事会があるビルとその近隣のビルについての情報をさらったり、廣野さんがそれまでそのレストランを利用したことがあるかということなどについてたずねて、計画を立てた。小島部長の、林本君はね、本当にうそに勤勉だから、大船に乗った気持ちでいたらいいと思うよ！　という推薦がすごくどうでもよかった。廣野さんは、林本さんは正直なイメージがあるんだけどなー、人ってわからないですね、などと言うので、私は、いや〈うそつき〉なんじゃなくて〈うそがつける〉っていうことなんで、と話を軌道修正した。

「え、その二つは違うの？」

「大違いですよ！　うそのへったくそなうそつきなんて掃いて捨てるほどいるじゃないですか」

「あ、そっか。でもうそのうまい正直者なんて会ったことないけど？」

「それはそいつがうそがうまいかめったにつかないからばれてないんですよ」

「なるほどー」

　小島部長と廣野さんの二人に無駄に感心されながら、私の計画と言うにはけっこう簡単なうそプランは、デザートのバニラアイスクリームを食べ終わる頃にはできあがった。

　私と小島部長は、廣野さんが帰りたい食事会グループの中のAさんと同じ会社で面識も少しはあるということもあって、私たちが廣野さんを連れ帰ったりするとあとあとややこしいことになりそうであったため、直接の関与はできない代わりに、周囲の人たちに協力を仰ぐことにした。

佐紀に、頼まれて欲しいことがあるんだけど、と持ちかけて内容を話すと、みのりちゃんまたうそ請負業やるんだ……、と呆れられた。そんなことを言われても、それらしきことをしたこれまでの二回のうち、最初の一回は佐紀自身が大学のサークルから逃げる手伝いで、呆れられる筋合いもないのでそう反論すると、それもそうだね、と佐紀はあっさりと呆れを引っ込めて、まあその後ケーキでもおごってくれるんなら協力するよ、その日空いてるし、と承諾してくれた。

もう一人の協力者は、佐紀の大学の友達である谷岡君の甥っ子、流希也くんだった。四つの習い事をこなしていた六歳の流希也くんは七歳になり、今のところ絵画教室と英会話の二つにまで習い事を絞り、それでもまだ忙しいのだが、学童保育に行ったり、友達の家に遊びに行ってゲームをしたり、それなりに放課後を満喫しているとのことだった。谷岡君の部屋にも遊びに来るそうだ。谷岡君の部屋では、タブレットでいろいろ絵を描いたり、谷岡君が携帯に入れているMP3の好きなカバーイラストのアルバムを聴いたり、録画しているお笑いのネタ番組を片っ端から再生したりして楽しくやっているらしい。

食事会の前日になっても、Eがやってくるかどうかは不透明で、他人事ながら私はいらいらした。その勿体はなんなのか。なんで誰かからうんざりされている奴に限って、仕事の忙しさとか他の約束との調整を匂わせて予定をグレーにしておくのか。年を取るにつれ、予定についてすぐクリアにする人とそうでない人の価値の明暗ははっきり分かれてきているような気がする。

結局、当日になってもEが来るのか来ないのかの明確な返事はなく、私は、佐紀と流希也くんと谷岡君に頼んで作戦を決行してもらうことにした。

私が作った筋書きは以下だ。A・B・C・D・Eと廣野さんが食事会をやる店に、佐紀と流希也くんに行ってもらう。二人には、Eが来たら長い時間席を離れてもらうことになるので、席の事後処理の係として谷岡君にも来てもらう。流希也くんと佐紀には、さりげなく店内をうろうろしてもらって、廣野さんが参加している食事会の席がどこか探してもらう。食事会の席に廣野さんとEが両方いたら、佐紀が廣野さんに、「この子が以前、このお店でお宅様のジャケットにソースをこぼしてしまって、その時は寛大に許していただいたのですが、ずっと気になっていました。私はあの時、この子の親と同席していた者です。今回の偶然は良い機会なので、是非弁償させていただきたい。お時間ありますか？　隣のビルにそのメーカーのお店がありましたよね？　私、どうしてもお宅様を見つけたら買い直してこいって親族に言われまして……。本当にご迷惑だと思うんですが、ついてきていただけますか？」と申し出る。

無理やり感はあるけれども、親族や友人や知人、恋人といった廣野さんの人間関係の中の人を装って連れ出すと、Eが廣野さんを「そんな知り合いがいるやつ」と馬鹿にするためのネタに使う可能性があるので、完全に他人を装って近づくのが望ましい、ということになった。そしてその他人も、「誰かから廣野さんに近づくことを頼まれた運の悪い人」ということにする。Eが飛びつきそうなこだわりの強い動機は、存在しない誰かに負ってもらう。

服に関しては実際に、隣のビルに廣野さんが服を持っている店があることを調べた。廣野さんがそのレストランに来たこともあった。

Eは、三十分遅れてやってきたそうだ。佐紀と流希也くんと谷岡君が案内された席は、廣野さんがいる食事会の席がよく見えない席だったので、三人は五分ごとに交代で、トイレに行ったり、バーカウンターに吊されているテレビで流しているサッカーの試合を見に行くふりをしたりして、Eが来ていないかをチェックした。

Eが到着して、廣野さんが青ざめているところを発見したのは流希也くんだった。流希也くんはすぐに、事前に対面していた廣野さんに早足で寄っていって、あっ、お兄さんこんにちは！　また会いましたね！　と声をかけたので、佐紀はそこに寄っていって早口で私が頼んだうそをついた。

廣野さんは、そそそそんな、弁償なんてけっこうですよ、と棒読みで言って、あ、でも、あの色のやつあったんですか？　自分が買ったのはあの時の最後の一着だったらしいんですが、とアドリブで架空の汚されたジャケットの希少性をアピールし、佐紀は、あーと、たぶん、はい、と曖昧にうなずいた。何色なの？　珍しいの？　とメンバーの一人が怪訝そうにたずねてきたので、佐紀と廣野さんは顔を見合わせ、流希也くんはちょっと考えるように首を傾げた後、モスグリーンでした、と即興で答えた。

そして廣野さんは、ちょっとね、やっぱりあれすごく気に入ってたから、席外すね、ごめんね、またね、と言って、その日の食事代としては多めの一万円を置いて席を離れた。A・B・

C・Dは、困惑しつつ、そうだな、また、と軽く手を振って、Eは、せっかく来たのに、廣野に話したいことがたくさんあったんだ、と不服そうにしていたのだという。廣野さんはその話をしながら、「自分に」というのがすごくいやだ、と顔をしかめていた。

その後、廣野さんと佐紀と流希也くんは、隣のビルの服屋に移動して、カーキ色のジャケットを発見し、モスグリーンに見えなくもない、と一安心したのだという。合流先の服屋の隣のカフェでその話をされて、私はトイレに立つついでに確認に行ったのだが、確かにそのとおりで私も安心した。

谷岡君もやってきて、佐紀と流希也くんと谷岡君、小島部長、廣野さん、私、と六人の所帯になったお茶の席で、廣野さんは、自分は昔、好きな子がいるとEに話したところ、Eがその彼女に接近して付き合い始めたことがある、という話をして、他の人々の顔をしかめさせた。佐紀は、うわあひどい、そういう人たまにいるけど、最悪、とずっと首を横に振っていて、谷岡君は、いるの？　大学に？　と声を裏返させていた。

私は、残念ながらいる、と口にはせずに思った。性格がすごく悪いとか、横取りした相手そのものが問題なのではなく、横取りすることで自分が気になる人を奪った相手を羨ましがらせたいとかいろいろあるけれども、基本的には自分がない人だ。だから他人から奪ったり盗んだりしなければやっていけない。廣野さんは、小島部長や私が、ちょっとした手間暇ならかけて助けてもいいと思えるような人で、Eのような人間が廣野さんを何かの的のように扱うのはわかるような気がした。

ほんとあの人最低だよねえ。流希也くんは真似しちゃだめだよ、と佐紀が話しかけると、ケーキを食べられてご機嫌の流希也くんは、はい、しません、と力強くうなずいていた。そのカフェの会計は小島部長が持ってくれるとのことだった。六人もいるので、決して安くはないだろう。なので私はりんごジュースを頼むだけにとどめた。

流希也くんと佐紀、谷岡君のレストランでの食事代、廣野さんが置いてきた一万円、そしてこのカフェの代金と、うそには時にはお金がかかる。だから、できればつきたくはないもので、改めてうそをついてでも逃げ出したいと思わせるEの存在に怒りを覚えた。

「林本君もケーキ食べなさい」

「いいえ、私は何にもしてないんで」

「いいからどうぞどうぞ」

小島部長が熱心にメニューを渡してくるので、私は、いいんですかね？　と小さくなりながら、メニューの中でいちばん安いものを探して注文した。どのみち、大してケーキを食べたいとは思っていなかったのだった。小島部長は、私にケーキを勧めたものの、払うお金のことを考えているのか、なんだか少しだけ憂鬱そうだった。

谷岡君が、廣野さんはこれからEさんとの付き合いはどうしていくんですか？　とたずねると、次にこういう集まりがある時は、幹事をやるやつにやんわり「Eは苦手だ」と言うようにするよ、と廣野さんはテーブルに片肘で頰杖を突きながら、やれやれという様子で答えた。

「置いてきたお金、いくらか返してもらえるといいですね」

それはたぶん返ってくるだろう、と言った後、廣野さんは真面目な顔で続けた。

「一所懸命筋書きを考えてくれた林本さんに失礼かもしれなくて申し訳ないけど、うそつきながらさ、自分はもう、誰かを苦手だと思いながらもうそをついてでも付き合い続ける年でもないな、と思ったんだよな」

そういうのに感情を遣うの、つくづくいやになっちゃったよ。

「他のご友人たちが、グループのために我慢してくれって言ってきたらどうしますか？」

「その時はその時だね。自分とE以外に四人もいるんだから、一人ぐらいはわかってくれるだろう。そいつとは付き合いを続けるよ」

そう言った後、廣野さんは、自分が頼んだチョコレートケーキの最後の一切れを半分にして口に入れる。それから、これ、おいしかったんだよ、それはほんとによかった、とほっとしたように言った。

＊

廣野さんの件はやりおおせたものの、今度は代わりに小島部長が何かを抱え込んだようだった。仕事はもちろんちゃんとやるし、私とも他の社員とも特に変わらず朗らかに接しているけれども、一人の時にやたら溜め息をついていたり、十五時のお茶の時間に肩をこわばらせて両手で携帯を持って何か必死で入力していたりすることが増えた。

私は、小島部長が両手を使って携帯で文字入力ができるようになったことに驚いた。ちょっと前までは、人差し指で操作できる程度で充分といった様子だったのだが、両手で文字を打たなければならないほど何かまとまったやりとりを誰かとしているのだろうか。

そして、誰かに何かを伝え終わると、大きな溜め息をついてお茶を飲む。そして物憂げに、テアニンか……、などと言っている。小島部長は会社では緑茶を飲む人だ。

それが月曜から木曜まで四日続いた。これ見よがしですね、とまず言いたくなったのだが、本人にその意思があるのかどうかはわからない。ただ、気が散るなあと思った。月曜にはかなりおぼつかなかった両手入力が、木曜にはそこそこうまくなっていたことも指摘したかった。

このまま両手入力について指摘しようとしまいと、小島部長が今悩んでいることを自分に言ってくるのは時間の問題かもしれない、と思ったので、私は金曜日のお茶の時間に「両手入力するようになったんですね」と先に言っておくことにした。

「今週の月曜からだよ」

「そうなんですか。うまくなりました?」

「慣れるとそれなりにできるもんだね」

「難しそうに見えるんですけどね」

私の言葉に、小島部長はうんうんとうなずいた後お茶を飲み、デスクに置いた自分用の急須でお茶をお代わりした。

「私の両手入力に気付いているということは、私が休憩のたびに誰かにラインを送っていることとに気付いているね」

「ラインだったとは知りませんでした」

「パソコンで返事をしようにも、社用のデバイスにラインをインストールするわけにはいかないからね。娘はラインで私に連絡してくるのだ」

「娘さんとやりとりをしていたんですか」

そのことよりも、「デバイス」と小島部長が口にしたことのほうが実は気になるのだが、とりあえず先に訊いてほしそうなことを話題に出すことにする。

小島部長は、少し首を傾けて、おそらくはパソコンのモニターの時刻表示を確認した後、自分自身に対して言い訳をするように、まあ、少しだけ、と前置きをして話し始めた。

「娘がだね、姪から妹についての相談を受けているんだ。妹は私の妹で、姪はその娘なのだが」

「はい」

「妹がどうも、娘つまり私の姪のクラブの顧問をリコールしようという活動にはまっているらしいんだ」

「クラブの顧問てリコールできるんですか？」

「そう思うけれども、やろうと思えばできるようだ。姪の学校は私立だから」

「そんなもんなんですか」

小島部長は、もう一度パソコンのモニターの時刻表示を確認して、〈常識的な休憩時間を超過して部下とだらだらしゃべっている部長〉になってしまわないように早口で話し始めた。

　小島部長の高校一年の姪は、トレッキング部に所属している。トレッキング部は、普段はランニングをしたり山のコース設定のシミュレーションをしたりしながら、一か月か二か月に一回、部員たちと顧問で軽度なトレッキングに出かけて楽しむ活動をしているのだが、先々月出かけた先の山で、下山の終盤に小雨に降られ、顧問の先生を含めた全員が、戻ってきてから少々体調を崩した。症状は、鼻水が出たり、咳が出たり、頭が痛くなったり、微熱が出たりといったものだった。中でも、小島部長の姪御さんは、二週間が過ぎても咳と頭痛が続いていた。他の生徒も、全快に至るまでは少し時間がかかった。

　聞いているだけだと、よくある雨に降られて風邪を引いた程度の話のように思えるのだが、娘さんの症状が長引いていることに不安を抱いた小島部長の妹さんは、トレッキング先の山に自生している可能性のある植物についてネットで調べたのだという。

「妹は、先生や部員たちの症状を引き起こしたかもしれない、問題のありそうな植物が一帯にあったのではないか？　ということを、山がある市の自然を紹介するサイトで発見した。そして、だから娘はずっと良くならないのでは？　と言い出した」

　妹は、言及されている植物の一つ一つのアレルギー症状を調べたのだそうだ、と言い添えながら、小島部長がその名前を教えてくれたので、自分のパソコンで検索してみた。秋に咲くウメの一種で、その花粉が娘に悪影響を及ぼしたのでは？　と妹さんは疑っているのだという。

「妹は、よく調べないで生徒たちをそんなところに連れて行った顧問の先生は、トレッキング部の顧問の資格はないんじゃないか？　という話を別の部員の保護者たちにした。妹の話の捉え方に重い軽いはそれぞれにあったようだが、部員たちの親の半数は、顧問の先生のことで妹と頻繁に連絡を取り合うようになり、話し合いはいつのまにか、顧問の先生をやめさせたい、というところに発展した」

「部活だけ？　それとも学校ごと？」

「わからないが、最低限部活の顧問は、とは思っているようだ」

「最低限って不穏ですね」

「うん。それで困ったのは姪だ。確かに風邪のような症状は長引いたんだが、永久に患っているわけでもない。でも、妹が強く〈まだ悪いのよね？〉と訊いてくる手前、〈いえ全快しました〉とも言えない。何度も何度も念を押されるうちに、確かに、鼻水や咳はないけれども、ずっとだるいのは抜けていかないし、頭痛もときどきあるような気がしてくる」

「病気ではないが元気というわけではない、みたいな状態ですかね。でもだいたいの人はそうでしょう」

小島部長は、そうだよな、とうなずく。

「妹は仲間を得て、学校宛に顧問の先生が適格だったかどうか詳しく調査をして、その上で進退を考えてほしい、という書類を送ったりもしたそうだ。顧問の先生と直接話し合ったこともあったけれども、生徒たちに風邪を引かせてしまったことについての謝罪はあったものの、先生は、何度も行っている場所で、今までそんな問題は一度も起こらなかったし、自分は生物の教師でその場所の生態系もある程度知っているけれども、その植物は見かけたことはない、と言うので、妹はすぐに帰ってきてしまったそうだ」

話を聞きながら、小島部長の妹という人が引くに引けなくなってきているのをなんとなく感じる。とにかく何か、その顧問の先生という人に対して責め立てずにはいられないものを感じるのだろう。理由はわからないが。

「妹はその会話を録音していて、〈何度も行っている〉という慣習は根拠にならないし、〈見かけたことはない〉という言葉には、危険を探し出そうとする積極性が感じられないという言葉を添えて校長に送ったそうだ」

「それで姪御さんはいいかげん困って、部長の娘さんに相談したってことでいいですか？」

「うん」

「姪御さんは、その顧問の先生に何か特別怒られるとか、嫌われるとかがあったんですか？」

「姪自身は、まったく心当たりがないと言っている。顧問の先生と部員たちはとても仲が良かった」

小島部長の娘さんも、そして小島部長自身も、娘を心配する気持ちはわかるけれども、元気のなさは永遠のものじゃないかもしれないし、顧問の先生が辞めて解決するというものでもない、そんなにこだわらなくても、といった内容のことを話したが、効き目はなかったそうだ。特に小島部長は、自分が責められることになった。

「〈こだわる〉ってどういうこと？　私が変だって言いたいの？　と」

「ははあ」

「そうやって人の気持ちを雑に決めつけるから、兄さんは奥さんと別れたんでしょ、と」

「つらいなあ」

「そうじゃなくて、元妻に好きな人ができたので、申し訳ないが離婚してくれと向こうから言われたんだが」それは知らなかった、という私の驚きをよそに、小島部長は続けた。「とにかくそういう感じでとりつくしまがない。でも姪は母親がそんな不穏なことに熱中しているのをやめさせたい。自分も母親に話を合わせているうちに、母親が言ってくる症状が実際に自分に起こっているような気分にもなってきて怖いと言う」

「困った話ですね」

「困った」

小島部長は、腕を組んで首を横に振る。一応話は出尽くしたなという様子だったので、私は仕事に戻るためにモニターに視線を戻して、それまで作業をしていたウィンドウを呼び出す。

「君ならどうする？」

「すぐには思い付きませんね」

そうか、そうだな、話を聞きながら、妹の気持ちがおさまるのを待つしかないんだろうな、とうなずいて、小島部長も仕事を再開したようだった。

私は、仕事が一段落すると、小島部長の背後にある窓の外をしばらく眺めた。空の色が薄い。夕方になるのが驚くほど早い。秋が深くなっている。年を取ると、街や植物の様子といった視覚情報以上に、空気で季節の移り変わりを感じるようになる。

何にというわけではなく不安な気持ちになる。小島部長の姪御さんの部活の顧問の先生からしたらいい迷惑以外の何ものでもないが、私は、ほんの少しだけ、小島部長の妹さんの感情が理解できるような気がした。この漠然とした身の置き所のない感じを、何かに追い立てられている、何かを動かさなければこれは良くならない、とはっきりとした原因のあるものとして解釈する人も、中にはいるのだろうと思う。


大学の課題で参照したい資料が絶版で、大学の図書館も近くの図書館も貸し出し中なのだが、私が持っていたりはしないか？　という用事で電話をかけてきた佐紀に、ついでにその話をすると、その姪って子がかわいそうだよね、まず、と言っていた。私も、そう思う、と返した。味方になってくれてる部長の娘さんが、みのりちゃんみたいにいい人で良かったじゃないとは思うけど、ほんとにそれしか言えることないなあ、と佐紀は続けて、でももう誰の話も聞かないって感じなんだよね、と私はさらに小島部長から聞いた話をした。

その後、ならばこちらが話を聞き続けるしかない、を実践することにした小島部長は、義弟、つまり妹の夫とも協力しあえないかと話してみたのだが、義弟は、試みても妻はその話をしてくれないのだ、と首を横に振ったという。日常生活は何とかやっている、でも、娘の部活の顧問の話になると、「何も気にしてこなかったくせに今更」と言われるという。それなりに娘について関与はしてきたつもりだが、妻がそう受け取っているのならそれはもう仕方がない。

小島部長の娘さんが少しずつ話を聞き出そうとしても、「よその家のことに口を挟まないでね」と妹さんは言うそうだ。小島部長とも会おうとしない。要するに、一度でも娘の部活の顧問に対する苦情を「やめろ」と遠回しにでも言った人間にはまともに取り合わなくなってしまっていた。

でも身内は全員それ言っちゃってるからさ、だから手詰まりなんだよ、と私は続ける。小島部長の義弟さんは、もう、お金を払ってでも、妻の気が済むまで話を聞いてくれる人を探そうかと思うのだけれども、それが探偵なのか、占い師なのか、ホストなのか、カウンセラーなのかということがわからなくなるところまで追い詰められているそうだ。また、トレッキング部の部員の保護者同士で話を聞き合うことは、話しているうちに不満が増幅し、ますます顧問のリコールに話が傾いていくようなので逆効果だ。

すると佐紀は、えーじゃあみのりちゃんが話を聞いてあげたら？　などと無責任な提案をしてくる。

「さすがに私になんか話さないでしょ。年が下の他人なんて」

「まあそれはそうだけど……。あ、でも年が上なら頼るかな？」

「どういう人かにもよるでしょ」

「どういう人なんだろう……。尊敬できる人？」

「うーん。それもあるだろうし、言うことを頭ごなしに否定しない感じの人だろうね」

「似たような目に遭ったことがある人とか？」

いやいやいや。図らずも、小島部長の妹さんが心を開きそうな人物像について佐紀と語り合ってしまっていたが、小島部長は単に私に悩みを話しただけであって、協力を頼んできたわけではないのだ。この件には私は関係ない。というか、何かを頼まれても、この件は私の手には負えなそうだ。

「似たような目に遭ったことがあります、って言ってみるのはどうだろう？」

何のスイッチが入ったのか、佐紀が変な提案をする。

「こっちもそうです、ってうそをついて、話をさせて宥めるわけ？」

「まあそうだね」

「あのねえ、今まで何回かうそをつくのに協力はしてもらったけど、うそで解決することに慣れないでよね」

「うん、わかってるけどさ、やっぱりその子かわいそうだなと思ってさ」

部長の姪の子、と佐紀は続ける。

「まあそれはそうだけどね。他人なら逃げられるけれども、親が〈調子悪いよね？〉って強く言ってくるわけだし」

「なんとかしてあげられないかな」

電話の向こうで佐紀が考え込んでいる様子が伝わってくる。やっぱりいい子ではある。しかし、佐紀が助けたいなと思う小島部長の姪御さんとの間には、小島部長と私が挟まっていて、会ったことがある小島部長はまだしも、小島部長の姪御さんやその部活の顧問先生とはまったく関係がない。小島部長はそのことで悩んではいるが、私に解決を頼んできたわけではない。

「あのね、それよりも用事の件なんだけど」

「あーはいはい」

すっかり上の空な感じの返事が聞こえてくる。私は、先が思いやられながら話を続ける。

「平家の落人についての本なら、佐紀が言ってた絶版のやつ二冊とも持ってたから、送るよ」

「おおありがとう。取りに行くよ」

「いやいいって」嫌な予感がしていた。もし近いうちに佐紀と顔を合わせてしまったら、自分が小島部長と妹さんとその娘さんの話に深入りしてしまうのでは、という。だから佐紀と会うのは避けたかったのだが。「しばらく仕事が忙しいし」

「うそが下手だねえ」

まさしくうそだった。仕事は繁忙期が終わったばかりで、このところは定時に帰っている。

「まあ本は取りに行くよ。みのりちゃんが小島さんの姪っ子の件に感情的に巻き込まれないようにしているのはなんとなくわかるから、私もこの件はあまり考えないようにするよ」

「いやーまあ……」

なんかちょっと成長したなあ、と思う。佐紀がこのように察したことで、小島部長とその妹家族の問題は、私たちにとってはここで終わったはずだった。

その後、小島部長の携帯両手入力はますます速くなった。なんだったら私なんかよりずっとせわしなく両手の親指を動かせている。小島部長は、あまり使わない老眼用の眼鏡まで使って、おそらくは娘さんと日々話し合っている。小島部長と昼間からメッセージアプリで話し合える娘さんは何をしているのかと思うのだが、大学生だし、通学やアルバイトの休憩の時間を使って小島部長とやりとりをしているそうだ。

小島部長は、仕事に支障のない範囲で必ず午後三時の休憩時間は自席で休みを取り、悩んでいる。私が初めて、親族たちに何が起こっているのかを聞いた時から、状況が好転した様子はまったくもってない。

お茶を飲みながら、もはや午後三時の決まった風景と化した小島部長が携帯を両手で持っている様子をぼーっと眺めていると、小島部長は静かに携帯をデスクの上に置いた。

「うちの親族の問題はいったいいつになったら解決するんだと思っているね」

「はい」

「話をしてもいいかね？」

「仕事に支障のない範囲なら」

「わかった」

その後、小島部長の義弟さんは、奥さんである小島部長の妹さんを、「ちょっと新しいスーツを買いに行くのに付き合ってほしい」と連れ出し、紳士服の量販店があるのと同じショッピングモールに入っている心療内科に連れて行こうとしたのだが、妹さんは、入り口を見るなり無言で引き返してそのまま帰って行ったという。義弟さんが自宅に帰って、テレビを見ている妹さんに話しかけたところ、「カウ……」とまで言った時点で部屋を出ていき、そのまま数時間戻らなかったそうだ。おそらく、妹さんに賛同している、娘さんの部活仲間の保護者の元に行っていたものと思われる。

義弟さんは、娘さんの担任にも相談したそうなのだが、若い男の教師は「部活のことまでは自分は権限がないんですよね」の一点張りで、妹さんと話してくれる気配はなく、当事者である妹さんと、姪御さんの部活の顧問との間で解決してくれという様子から動かなかったそうだ。

姪御さんは姪御さんで、学校を休むことが増えたという。部活の友人と顔を合わせるのがつらいそうだ。自分の母親が部活の顧問のリコール活動へと巻き込んだ保護者の子供たち、すなわち同じ部活の友人たちと会うのはきついだろう。部員たちも、なぜ自分の親たちが自分たちの部活の顧問を目の敵にし始めたのかがわからない。その中心人物である小島部長の妹さんの娘である姪御さんは、部活を覆う気まずさにひどく責任を感じていて、母親と何度も話そうとしたのだが、難しいのだという。いっそ部活をやめようと思うけれども、部活の同級生たちは大切な友人で、公式に距離を取るようなことはしたくない。それでもう、先のことを考えるのがつらくなって、いったん家にいるのだという。

「顧問の先生は、もう一度その山に行って同じルートを歩き、妹の言う植物はなかった、ということで写真や動画を提出したそうなのだが、どうにもならなかったのだそうだ」

「逆効果だと思いますよ」

根拠があったわけではないのだが、そうだろうと思ったので口にすると、小島部長は小さくうなずいた。

「〈ない〉は証明しづらい。もっと離れた、奥まったところから花粉の影響があったんでしょう、と言えば話は終わってしまう。リコールを求める保護者たちは、〈証明にはならない〉ということで突き返したそうだ」

「保護者さんたちは問題の植物の有無について確認に行かれたんですか?」

「行ってない」

「まあ、そうですよね」

「顧問の先生は、〈もう、どうしたらいいかわからなくなった〉と漏らしていた、と姪が友人から聞いたそうだ。〈顧問はもしかしたら交代になるかもしれない〉と。それで姪はますます学校に行けなくなった。妹は〈あなたは何も悪くない、気に病む必要なんかない。堂々としていたらいい〉と姪に言うのだが、姪自身、実際に身体がつらいという部分もあって、やっぱり学校に行けないでいる」

「それは難しいでしょうね」

「心情的に追い詰められることで、身体がつらくなるというのもあると思うんだよ」

「結局、顧問の先生がいなくなったら、妹さんたちは満足するんでしょうか」

「すると思うけどね」

「でも、生徒さんたちには遺恨が残りますよね」

「そうだね」

聞くだにつらい、もどかしい話だ。いちばん手っ取り早い解決に見える手段は顧問の先生が辞めることだが、おそらくそうしても、姪御さんたちを始め生徒たちは傷つくことになる。そうならないためには、小島部長の妹さんたちの「気が済む」ことが必要なのだが、どうしたらそうなるかがわからない。

そもそもなぜ、小雨に降られるという凡ミスを犯しただけに見えるトレッキング部の顧問の先生が激しく糾弾されることになったのかもよくわからない。部員に死者や重傷者を出したというのならそういうことにもなるかもしれないが、一番症状が重いとされる姪御さんが、「だるい」「頭痛がある」という状況にとどまっていることを考えると、小島部長の妹さんを始めとした保護者たちが顧問の先生の解任にこだわるのは不可解だ。たまたま、何かのはずみでそうなったのかもしれない、と思うと怖い気持ちになる。

それで私もばかなのだが、本を取りに来た佐紀にその話をしてしまった。佐紀は、えーますますかわいそうじゃないその子、と眉根を寄せてコーヒーカップをソーサーに置いた。

「先生も顧問辞めちゃうの?」

「顧問を辞めるぐらいはするんじゃないの。先生は一人じゃないんだし」

「でもそこまでこじれて、顧問辞めるだけで納得するかなその人たち」

「怖いこと言わないでよ」

怖いことだが、あり得ないと断言できることでもないように思えた。でも理由が誰にもよくわからない。どうして小島部長の妹さんは、そんなに娘の部活の顧問にこだわるのか？　本当は知り合いで何か因縁でもあるのか？　その先生は、揉めていない段階で何か致命的なことを妹さんに言ったのか？

「ストレス溜まってんだろうね」

「そんな簡単な話じゃないと思うよ……」

「かもしれないけど、何かやらずにはいられないっていうか。そわそわするっていうか」

「そんなねえ、理由もなくね……」

「自分が抜けられなかったサークルの面倒な人たちには、特に問題はなかったと思うよ。あったとしても何かちょっとしたことが思い通りじゃないっていう程度のことだと思う」佐紀は少し強く、ちょっと私の手の甲やなんかをぱしっと叩くように言う。「ていうか廣野さんを標的にしてた人もちゃんとした理由とかなかったんじゃなかった？」

そう言われると言葉に詰まる。確かに、廣野さんは、どうして自分が絡まれるのかわからないとずっと言っていた。

佐紀は、まあ私はみのりちゃんの力を借りてサークル辞めたらよかったし、廣野さんも集まりからフェイドアウトしたらいいんだけどさー、お母さんが妙なことになると高校生の女の子なんかどうしようもないよね、と続ける。

「お母さん自身は、娘さんのためだと思ってやってるんだよ。とにかく表向きは。それで志を同じくする保護者の人たちとはますます親密になっていってる」

「それ要は誰かと仲良くやるために、顧問の先生に怒ってるんじゃないの？」

うすうす思ってはいたけれども、口にはしていなかったことを佐紀はぱっと言う。私は、他人のことであってもその不条理な状況と向き合いたくなくて、親族の話は聞かないしねえ……、とかろうじて明らかになっている事実について話す。

「親族じゃなくて、否定せずに話を聞いてくれる人となら話すんだよね？」

「それが部員の保護者の人たちなんでしょ」

カウンセラーはだめだったよ、と私は続ける。小島部長によると、妹は、占いのような根拠のないものは嫌いだし、ホストには伝手がない上にもしハマられでもしたらより状況がこじれるし、探偵にもなんて言ったらいいかわからない、とにかく「人の話を聞く職業の人」を親族たちに立てられることはおそらく妹のプライドが許さないだろう、と言う。

わからないでもないと思う。自分がお金を払わないと満足に人に話を聞いてももらえない人間だとは思いたくないのだ。自分にはただで人に話を聞いてもらえる程度の人望はあると思いたいのだ。私だってたぶんそうだ。

「似たような立場の人だったらいいんじゃないの？　自分にも娘がいて同じ植物にやられました、みたいな。それで今はぜんぜん何ともないですし、気に病むようなことでもないですよ、みたいな方向に誘導して落ち着いてもらう」

「そういううそをつくってことか……」

「方便ていうんだよ、そういうのたぶん」

「自分がうそを考えるのもあれだけど、人がうそを考えているところに立ち会うのもなんかこたえるもんだね……」

「それでもやっぱり私は、その姪の女の子がかわいそうだと思うんだよ」

「まあね。でも誰にそういう都合のいい人物をやってもらうの?」


私はいつも暇だしべつにいいですよ、人の話を聞くぐらい、と谷岡君のおばあさんは言った。以前私は、谷岡君の甥でおばあさんの曾孫である流希也くんの教育費や旅行の代金や洋服代などを、おばあさんが流希也くんの両親から無心され、その結果として流希也くんが不本意な習い事をさせられている状態を止めるために、谷岡君のおばあさんにうそをついて、一時的に借金を申し込んで承諾してもらうためにうそを作ったことがあるので、この期に及んで谷岡君のおばあさんに何か頼みごとをするのはもってのほかもいいところの人間だったのだが、佐紀が谷岡君のおばあさんの力を借りることを勧めてきたのだった。

小島部長の妹さんの話の聞き役として、谷岡君のおばあさんを推薦する理由について訊くと佐紀は、谷岡君のおばあちゃん、話してるとおもしろいもん、頭の回転早くて、と根拠にも何にもなっていないようなことを言っていた。流希也くんの一件以来、佐紀は谷岡君のおばあさんと普通に仲良くなって、谷岡君抜きでも、ときどき近所に話をしに行ったりしているのだという。おばあさんは一人暮らしで、デイサービスに行ったり孫の谷岡君や曾孫の流希也くんと話すだけでも充分なのだけれども、佐紀とは気が合うので訪ねていくと喜ぶのだそうだ。

「何の話するの？」

「ええ？　二人ともが興味持ってる事件とか、有名人の離婚とかかなあ」

「結婚じゃなくて離婚なんだ？」

「うん。離婚の話は人間関係の起伏とかその人の人となりがぎゅっと詰まってるからねえ、ってこれおばあちゃんが言ってたことなんだけどさ」

頼みごとをするために、小島部長が用意した菓子折りと海苔の缶を持って、佐紀と二人で谷岡君のおばあさんを訪ねていく前にそんな話をした。そして実際におばあさんは承諾してくれた。

そういう人が自分に話を聞かせようとしてきたら、私はただ調子を合わせて、帰り道に好きなおやつでも買って忘れるようにしてきましたね、と谷岡君のおばあさんは、小島部長の妹さんについて評した。不安なんでしょうね、とにかく、なんで不安なのかはわからないけれども。なんでとかもないのかもしれないけれども。

そういうわけで、先方さえ承諾してくれるのなら、一度リモートで話してみよう、ということになった。小島部長の妹さんには、自分（谷岡君のおばあさん）は娘さんと同じ学校の卒業生の祖母で、自分の娘もトレッキング部ではないけれども、その花粉にやられたことがある、当事者の娘は卒業生の母親の姉で、今は海外に住んでおり、学校とは何の関係もないのだが、活動の噂を聞き、子供を持つ母親として、他人事だと思えず連絡した、という設定でメッセージを送ることにした。このぐらいだと、出自をあやしまれても妹さんはなかなか辿れないはずだ。

最初はかなり慎重な様子のメッセージが返ってきた。私たちは現在学校に通っている生徒たちの保護者会ですので、娘さんが単に同じ症状だったという理由でお話をするお時間は取れないんですよ。

それで連絡係の私は、残念です、娘がどのように治っていったのかについて共有したいのですが、保護者会の別の方は興味があるかもしれませんので、連絡してみますね、と返した。すぐには返事はなかったのだが、翌日、お話をうかがいたいです、という連絡が妹さんからあった。「どのように治っていったか」と「別の方に連絡する」のどちらに反応したのかはわからなかったが、まずは第一歩だった。

当日は、谷岡君のおばあさんの家に、小島部長と谷岡君と佐紀と私というわけのわからないメンバーが押し掛け、おばあさんは、そんな人数分湯呑みないんだけど、と困っていた。私がおばあさんの横に待機して、残りの人たちは私の私物のノートパソコンを挟んでおばあさんの正面に座り、必要なら私が筆談で話す内容について指示させてもらう、というやり方で面談を進めた。

初めて顔を見た小島部長の妹さんは、普通の人だった。仕事もしていて、職場では何の問題もなく過ごしている、という話は小島部長から聞いていたのだが、想像していたよりもさらにまともそうな人だった。

大変ですよね、娘さんに気遣うこと、いつ終わるのかの先も見えないですし、とおばあさんが言うと、ええ、と妹さんはうなずいた。わかってくれる人とわかってくれない人がいる中、あなたもご自分の時間や感情を犠牲にされてね、と同情している様子でおばあさんは続けた。妹さんは、そうなんですよ、と少しずつ話し始めた。

職場でも気が気じゃありません。娘の症状が悪化したらとか、何か合併症のようなことが起こったらとか。でも夫は、ずっと私が調子が悪いだろう悪いだろうと言い続けているから、本人も自分が悪いような気がしてくるんだ、なんて言いますし、兄も、気候的にそういう時期なんじゃないかと言って真剣に考えません。

失礼な確認だったかもしれないが、小島部長の妹さんは本当に娘さんのことを心配している様子だった。そしてそれを近い周囲が真剣に受け取らないことに、苦しみや怒りや不安を感じていた。

谷岡君のおばあさんも同じ所感を持ったようだった。

「とにかく本気で娘さんを心配してると思いますよ。それで、同じように〈心配ですね〉って言い合える人をすごく求めてるんじゃないでしょうか」

「すごくですか？」

「うん、すごくね」

自分と同じ気持ちの人たちとつながっていたくて、その状態をいいものだと自分が思い続けて、その人たちにも思ってもらうために、何か意味のあることをやりたいっていう感じじゃないでしょうかね、と谷岡君のおばあさんは考え考え言った。

その日は、妹さんがトレッキング部の顧問の先生を解任しようとしていることについてまでは話は及ばなかったが、おばあさんはそのことも含めてそう言ったようだった。

「え、要は友達同士で集まって旅行行こう思い出作ろうみたいなノリで顧問先生に怒ってるわけ?」

「そこまで軽いもんじゃないけど、まったく違うものでもないと思いますよ」

佐紀の言葉に、谷岡君のおばあさんはそう言って首をすくめ、それ以降は何も口を挟まなくなった。どうしたら妹は、娘の部活の顧問を嫌うのをやめますかね?　と小島部長がたずねても、おばあさんは、さあ、よその人のことなのでわかりません、と首を横に振るばかりだった。

「でも、妹さんの気持ちが娘さんに向けられすぎると娘さんがよけいにつらくなるのはよくわかりますので、妹さんから求めがあった場合はまた話を聞きますよ」

大した力にはなれそうにないですが。おばあさんはそう言って、自分で淹れたお茶を少し呑んで溜め息をついた。


それからしばらくの間は、私が谷岡君のおばあさんのふりをして、メッセージアプリで小島部長の妹さんとのやりとりを受け持つことになった。一回目の通話はそれなりに好感触だったが、継続して話そうという経過にはならなかったため、話しやすい関係を作っていく必要があるのでは、という判断の元でのことだった。

メッセージのやりとりでは、変に姪御さん（娘さん）の話を振った場合は、無視されるか刺激しすぎてしまうかのどちらかになりそうだったので、なるべく姪御さんのことは話さない、という方針を取ることにした。雑談をして、小島部長の妹さんとつかず離れずの距離を取り、けれども大きな問題を共有しているお馴染みさんのようなものになる。

言葉にすると簡単なようだが、つかず離れずという関係には相性があって、元からつかず離れずが向いている人同士は、たいして考え込まずに距離を取り合うのに成功する。けれども、相性が悪い人や向いていない人は、まったく取り付く島がなかったり、過剰に入り込んできたりするので、難しいこともある。

私はとりあえず、「だんだん寒くなってきました」という万人が共有している話から始めて、「今年からハーブティーを飲んでみようと思うのですが、何か良いのをご存じでしょうか？」と妹さんが知っていそうな話題を持ちかけてみた。

すると妹さんは、「詳しくはないですが」という前置きの後、「外気が寒い」「冷える」「寒気がする」などといったさまざまな寒さに対応するハーブティーについての解説を送ってきてくれた。スーパーでは簡単に手に入らないものばかりで、私は輸入食品店と通販でそれらを入手して、一応飲んでみて使用感のようなものを送った。

お役に立てたなら良かったです、と妹さんはあっさりした返事を返した後、補足のリストを送ってきたので、私はまた感謝を述べた。

　この人は他人にものを訊かれるのが好きなのでは？　という感触を得るのに時間はかからなかった。数日に一度、「高校生の女の子へのクリスマスプレゼント」だとか、「新しく行き始めた編み物教室でどのように振る舞えばよいか？」といったことについて、妹さんにたずねると、そのたびに、丁寧で気が利いていると言っていい答えが返ってきた。ちなみに、クリスマスプレゼントへの答えは、「シンプルな膝掛け」「蜂蜜入りの紅茶」で、編み物教室での人間関係に関しては、「通っている人たちの話をよく聞く」だった。

　私は、小島部長の妹さんから答えをもらうたびに、言い過ぎていないか、反対に足りなくはないか、と何度もメッセージを推敲して感謝を述べた。

　谷岡君のおばあさんを装った私と、小島部長の妹さんのやりとりについては、すべてプリントアウトし、付箋を立てて要点を赤ペンで囲んだものを谷岡君のおばあさんに速達で送った。

　一通り読んでくれた谷岡君のおばあさんからは、「編み物は棒針？　かぎ針？」という質問がメッセージで来て、編み物のことをあまり知らない私は答えに窮した。「すみません。比較的詳しい方をできるということにしてください」と返信すると、さらにやりとりを読み込んだおばあさんから、「たぶんこれは棒針だということにした方が体裁が保てそうなんでそうします」という返事が来た。

　一人の老年の女性を、谷岡君のおばあさんがインターフェイス担当で演じ、自分がメッセージを担当する、という変なことをやっていたわけだが、最初の通話から二週間がすぎて、次は小島部長の妹さんから、谷岡君のおばあさんに「話がしたい」という連絡があった。それを知らされて、私は退社後に一人で谷岡君のおばあさんの家に向かった。

仕事は忙しくなかったけれども、季節の変わり目ということもあって体がだるくて、クエン酸のドリンクを持ち込んで飲んでいると、おばあさんは、これもらったからあげる、と入浴剤をくれた。

「なんかこの季節いやよね。ずっと眠いし、わけもなく落ち込むことが多いし」

「気圧の影響とか感じるようになると、大人になったなって気はしましたけどね。若い頃は何にも考えなかった」

「そうなの。私は十代の頃、梅雨と晩秋がずっといやだった」

周りに似たようなことを感じる人がいなかったのがつらかった、と続けながら、おばあさんは、小島部長の妹さんが示してきたウェブ通話のアドレスへと入った。

妹さんは、前に話した時よりも固い、暗い顔で、ついに娘がベッドから出てこられなくなったんです、と話した。お医者さんはなんて言ってるんですか？　とおばあさんが言うと、妹さんは、医者はあまり信用しないようにしています、と答えた。

だって娘はあんなに具合が良くならないのに、〈精神的な疲れからでしょう〉なんて言うんですよ。そんな単純な原因なわけがないじゃないですか。

おばあさんはそれを聞いて何か感じるところがあったのか、横を向いて私の方を見てこようとしたので、私は両手を開いて押し戻すような動作をして、パソコンのディスプレイを指さした。おばあさんはうなずこうとして、けれどもそうしたら他に人間がいることに気付かれるということに思い至ったのか、ごめんなさい、ちょっと虫みたいなものが見えて、気のせいですね、と言って視線をパソコンの方に戻した。

大丈夫ですか？　どんな虫ですか？　調べましょうか？

「いえいえ。気のせいなんです」

そうですか。でも高齢の女性の一人暮らしで、刺すような虫がいたら大変ですよね？　今の季節、ドラッグストアでも殺虫剤ってわかりやすいところにないし……。

「大丈夫ですよ。大丈夫」

飛蚊症かしら？　眼科に行かれるといいのでは？

医者は信用できないと言ってたけど眼科は別なのだろうか、と私は思う。良いところを探しましょうか？　と言い募る小島部長の妹さんに、谷岡君のおばあさんは、眼科は定期的に行っています、ありがたいことに今のところ異常はないですよ、と落ち着いて返す。

でも私が探すところのほうが……。

その話を聞きながら、谷岡君のおばあさんは一瞬だけ目を眇(すが)める。私ははらはらするのだが、小島部長の妹さんは、かたかたとキーボードを鳴らして、おそらく何かの検索を始める。相手側がどうなっているのかはわからないのだが、妹さんはすでにパソコンのカメラではなく、画面に映っている検索エンジンに焦点が合っているような目つきをしている。

私は、少し待ちましょう、と携帯に大きな字で表示して、パソコンの隣に置く。谷岡君のおばあさんは、かすかにうなずくように首を振ろうとしたけれども、すぐにやめる。妹さんは、どちらの沿線ですか？　とたずねてくる。おばあさんは、そうですね……、と言いながら間を持たせるので、私は、事実でいいと思います、と携帯に表示して見せる。

妹さんは、地図を表示しますね……、と言いながら、おそらく自分のパソコンのポインタを動かしている。

とにかく、妹さんがおばあさんとの話を続けたがっているというのはわかった。できれば谷岡君のおばあさんの役に立ちたがっている、ということもわかる。この人にとっては、「心配すること」はコミュニケーション方法の一つなのだ。それを展開させようとすると、解決方法を提示しようとしたり、「心配」でつながった人たちと何らかの運動を起こそうとすることになるのかもしれない。

眼科の地図を示されたおばあさんは、そこですね、ちょっと遠いんですけど、と言いながら、妹さんの説明を聞いていた。

行ったかどうか教えてくださいね？　心配なので。

妹さんの言葉に、ええ、とおばあさんは事も無げにうなずき、私も娘のこと、がんばりたいんですけど、と妹さんは自分の話に戻して、それからさらに通話は二時間半に及んだ。

通話を切った後、おばあさんは、……まあ眼科はしばらく行ってなかったから、行ってみるのもいいかも、と首を傾げながら呟いていた。とても疲れた様子だった。私は隣にいないといういう設定で話しているので、お茶の一つも淹れられないことがもどかしかった。

おばあさんは、溜め息をついた後言った。

「話を広げよう広げようとする人だと思わない？」

「思います」

「それですごく真面目な人なんでしょうね」

谷岡君のおばあさんは、小島部長の妹さんについて、それ以上は何も言わなかった。私が、すみません、申し訳ないです、とそれしか言えないのであやまると、いえ、人助けみたいなものだし、私は時間があるし、とおばあさんは首を横に振った。

その日の帰りは終電の一本前だった。


昼休みに、眼科へ行ってみたが、特に何もなかった、定期健診には行こうと思う、と谷岡君のおばあさんから連絡が入った日の十五時台のことだった。小島部長が、これはもう緊急と言って良いのではないだろうか、ともはや口頭で説明するのではなく、娘さんのメッセージを見せてきた。

小島部長の娘さんによると、姪御さんは友達から、トレッキング部の顧問先生がついに別の先生に交代を要請したという話を聞いたという。先生同士の話が生徒にまで伝わってきたのは、顧問先生が何人かの別の先生に話を持ちかけていて、しかも断られているせいだ。他の先生も、そんな圧力をかけてくる保護者がいる部員たちが所属しているクラブの顧問にはなりたくない。

なので次のなり手がなかなか見つからない。顧問先生はかなり憔悴しているという。

姪御さんは、なんとか頑張って、部活の顧問の解任の活動をやめてくれ、と母親である小島部長の妹さんに言ったみたいなのだが、取り合ってもらえなかったらしい。じゃあもう自分が部活をやめるし、それでいいだろう、と言うと、あなたは何も悪くないんだから部活をやめる必要はない、と言う。

夜にそういうやりとりをした後、姪御さんは朝になるのを待って、小島部長の娘さんが通っている大学に行き、少しの間泊めてほしいと頼んだという。他県の大学に行っている小島部長の娘さんは、小島部長が住んでいる家から電車で二時間弱ぐらいの場所で一人暮らしをしている。

「良かったですね、泊まるところあって」

「こういう時に行き場がないと子供は非行に走るのかもしれないな……」親族以外の子供の心配をしている場合ではないのに何を言っているんだ、な小島部長だったが、それはそれでそれなりに的を射たことを言いながら、片手で頬杖を突いて肩を落としていた。「もうねえ、こうなったら、私がじかに山に行って、問題の植物がないことを確認してくるしかないんだろうな」

「保護者の人たちは行きませんからね。娘さんは、姪御さんが家を出て自分のところに来たことについて、妹さんにどう伝えるつもりなんですか？　家出したとなったら、妹さんそりゃ心配するでしょう」

「月並みだが、気分転換に遊びに来たようだ、とにかく、明日の祝日から土日まではこっちにいそう、とぼやかして伝えているらしい」

明日は祝日の木曜日で、平日の金曜日を挟んで土日だった。小島部長の娘さんは、四日の猶予を設定したことになる。

「私は山に行くのなんか初めてなんだが、明日お店に行って装備を揃えてくるよ。それで土曜日に行ってみる」

山歩きには憧れがあったんだ、しかしそれがこんな形で始めることになるとは、と小島部長は宙を見上げながらぼやいていた。

えー、山歩きなら付き合うよ、初めてのおじさん一人じゃ心配だし、谷岡君もたぶん調整してくれると思う、と元ピクニックと山歩きのサークル所属の佐紀が言ったので、土曜日は、小島部長、佐紀、谷岡君、という変なメンバーで、トレッキング部員たちが下山後に体調不良に陥ったという山に確認に行くことになった。

同じ日の夕方に、小島部長の妹さんは谷岡君のおばあさんが眼科に行ってどうだったかという話を聞きたい、ということで、連絡を取りたいと申し出てきたので、私は再び一人で谷岡君のおばあさんの家に行くことにした。家に行く前にデパートに寄って、ちょっといいお寿司と、一切れに包装されたパウンドケーキをいくつか買って、ペットボトルのお茶を持って行った。

真剣に、何なら通話のじゃまにならないだろうか、どういうものならあらかじめ用意されていたり、すぐに取り出せたりしても不自然じゃないだろうか、と考えつつ食品売場をうろうろしながら、小島部長の姪御さんとも、妹さんとも赤の他人である自分がどうしてこんなことをするのかわからない、と思った。

ただ、小島部長の妹さんの不安、という、形のない拡散する霧のようなものをとりあえず払いたい、という気分だった。自分は逃れられているが、姪御さんや谷岡君のおばあさんがそれに取り囲まれようとしているので、放っておくことはできない、とでもいうような。でも、姪御さんはまだしも、まったく関係のない谷岡君のおばあさんをその場所に押し出すことには自分も加担している。

小島部長の妹さんの話が長くなって、自分が遅く帰るのはいいとしても、谷岡君のおばあさんには、すみませんでした、もういいです、と言うべきなのかもしれないという考えに沈みながら、その日は谷岡君のおばあさんの家に向かった。佐紀からは、「言われてた植物ないなぁ。でも久しぶりに山で食べるおにぎりはおいしかったー」というメッセージが入っていた。

家に入れてもらってすぐに、妹さんからの通話の申し入れが送られてきた。約束の時間より三十分早かったのだが、あの眼科で良かったのかどうしても早めに知りたくて、とのことだった。おばあさんにたずねると、いいですよ、という返事だったので、早めに始めることにした。

目は異常はなかったです。でも、お医者さんも看護師さんたちも優しかったし、良い病院でした、とおばあさんが言うと、妹さんは、そうですか、それはよかったです、本当によかったです、と顔をほころばせた。

吉子さんはいい方ですし、お元気でいてほしくて。

妹さんがおばあさんを名前で呼んだことに、私はなぜか胸が痛くなるような感じを覚えた。

「どうもありがとうございます。とても助かりました」

喜んでいただけて光栄です。探すことを申し出て良かった。

それから、谷岡君のおばあさんが感謝を述べて、小島部長の妹さんが喜ぶ、というやりとりが五巡ほど続いた。

心が洗われるようです。

「いえいえ」

娘が親戚の家に泊まりに行っていて。

「外に出られるほど体調が良くなられたんですね」

いえ、ずっとこもりきりだったんですけど。急に。

妹さんは、何度も迎えに行くと姪御さんに打診したそうだが、どうしても観光がしたいから、そうしたら自分は良くなる気がするから、日曜までは帰らない、と娘が言い張ったという。なら私もそっちへ行って観光する、と提案しようとしたが、吉子さんに眼科のことをちゃんと訊かなければいけないことを思い出してやめました、と妹さんは続けた。

「私のことを気にかけてくださってありがとうございます」

いえいえ。お役に立ててうれしく思います。

「改めて、とても良い方なんですね」

おばあさんがそう言うと、妹さんは、軽く首を傾げて、とても優しそうな表情で微笑んだ。

きれいな顔、と言っても良かった。おばあさんは、それにつられるように少し笑った。

そう言ってくださるのは吉子さんぐらいです。

妹さんは悲しそうに眉を寄せた。

夫は心配しすぎだと言います。兄も似たようなものです。娘は私が心を砕いていることを邪険にする。身内は私が周りの人を思いやるのを当たり前だと思いすぎてるんです。

おばあさんは、前を向いたまま軽くうなずく。

母もそうでした。

唐突に登場人物が増えて、私は首を傾げるけれども、同じ気持ちかもしれない谷岡君のおばあさんは落ち着いている。

私がどれだけ頑張っても小言を言うんですよ。どうしても誉めてくれない。よく勉強して、いい大学に行って、いい会社に入って、仕事も頑張って、母のお眼鏡に適う人と結婚して、安定した家庭を持っても、必ず何かだめなところを言われるんです。

「それはつらかったですね」

谷岡君のおばあさんはそう言いながら、何度か小さくうなずく。小島部長の妹さんは、しばらく目線を下げた後、やがて首を横に振る。

娘の部活の顧問。

「はい」

思えば、私の母に話し方がそっくりなんですよね。背格好もなんだか似てて。話していると、私が間違っていると責められているような気分になるんです。最初の部活の保護者説明会の時から思ってました。

「そうなんですか」

おばあさんは、よく眉一つ動かさずにその話を聞いていたと思う。私は首を横に振った。そんなことだったのか。ああもう、そんなことだったのか。

私は、もういいです、と谷岡君のおばあさんに言って、横から通話を切ろうかと思った。この話を聞いていただくことをお願いしたことが間違いでした、できるかわからないけれども、私がなんとかします。巻き込んですみませんでした。

身を乗り出そうとすると、谷岡君のおばあさんは、前を向いたまま、座卓の下で激しく手を振って私を制止した。

「でも、大丈夫ですよ」何が大丈夫なのかわからない。それでも、その場には必要な言葉であることはわかった。それから少し口を閉じた後、谷岡君のおばあさんは続けた。「娘さんは必ずよくなりますし、きっとあなたのありがたさがわかる日も来るでしょう」

私は、眉間にしわを寄せながらパソコンのディスプレイを見守った。小島部長の妹さんは、感じ入るようにその言葉を聞いて、片手を口元にやってうつむいた。静かに泣いていた。たぶん。

床に置いていた携帯が、無音のままメッセージの着信を知らせるので、確認すると、小島部長からだった。

素人の意見だけれども、やっぱり例の植物はないと思う。佐紀君と谷岡君も広範囲に渡って動画を撮ったり、自分の目で見て回ってくれたが、どうしてもあるという証拠がない。

そうだろう。私は無言でうなずいた。妹さん本人も、もう本気で娘が花粉にやられて体調が悪いなんて思っていないかもしれない。

それから通話は二時間ほど続いた。谷岡君のおばあさんの顔色はいつもより蒼白く見えた。私は、お茶のペットボトルとパウンドケーキを開けて、おばあさんの斜め前に置いたが、おばあさんは少しお茶を飲んだだけだった。

パソコンを片づけた後、時間は大丈夫？　とおばあさんにたずねられた。大丈夫です、と答えると、お寿司一緒に食べてもらっていい？　とたずねられたので、私はうなずいた。

おばあさんは温かいお茶を淹れてくれて、それはとてもおいしかった。お疲れさまでした、申し訳ありませんでした、もう話さないでいただいてよいかと思います、と私が言う前に、おばあさんは、ごめんなさいね、と言った。

「もううそをつくことはできません」

「そうですよね」

私は、これからのことは別にしても、どこかほっとした気持ちで、おばあさんのその申し出を聞いた。

「力になれなくてごめんなさいね。でも、私だってうそをついてほしい時に本当のことを言われたことが何度もあったたし、それなのにどうしてこの人はうそをついてもらえるんだろうと思ったら、もうできないなと思った」

おばあさんはそこまで言って、お寿司、取り分けましょう、と中くらいのお皿を二枚出してきて、どれがほしい？　とたずねてきた。玉子とタコがあったらいいです、と言うと、まぐろとか食べなさいな、と言ってくれた。私は、じゃあ巻き寿司のほうのまぐろ一つください、と指さした。

寿司の取り分けがいったん落ち着くと、私は、自分にできるかわからないけど、妹さんはかなり吉子さんを気に入ってらしたみたいなんで、お話されてた様子を参考に引き継ぎます、と言った。名前で呼ぶと、まるで年上の友達に話しかけているように思えた。

「やめちゃえば？　って言いたいけど、遠回しでも若い子の助けになるんだと思えばね」

「でもこんなふうに話を聞き続けることに、効果があるのかないのかはわかりませんね……」

「なくはないでしょう。現に私と話す約束があったから、娘さんが従姉さんのところに家出したのをそのままにしておいたでしょ？」

「それも確かにそうなんですけど」

「じゃあ頑張ってね」

吉子さんは、やけにさっぱりした表情で笑っていたので、それはそれで良いことだとは思えた。

寿司を食べながら、あの人、本当にものすごく真面目な人なんでしょうね、と吉子さんは以前も話していた所感を述べた。努力は必ず認められないといけないし、具合が悪かったら必ず原因がなければいけない、なんとなく原因がわからないまま良くなるなんて我慢できない、それを突き詰めるとああなるのかもしれない。

「お兄さんの部長さんって人はどんな人なの？」

「仕事は普通にできますけど、なんかのんきな人ですよ。いい人ではあると思います」

「息子さんには鷹揚に接して、娘さんは誉めないお母さんだったかもしれないし、そうだったからこそお兄さんはいい人なのかもしれないし、でもお兄さんのことも誉めない人だったかもしれないし、その原因はお父さんのお母さんへの接し方にあるかもしれないし、わからないわね。他人の私たちが考えても」

それから吉子さんは、私が買ってきた寿司をおいしいおいしいと言って食べてくれた。小島部長の妹さんの話はまったくしなかった。

帰り際に、今度のことは申し訳ないけれども、またいつか佐紀ちゃんや孫とうちに来てください、と吉子さんは言った。私は、小島部長の妹さんにどのように接したらいいのかということで頭がいっぱいで上の空ながら、何かとてもいいことを言われた気がして、ありがとうございます、ありがとうございます、と二回言った。

その後、私が小島部長の妹さんと話す機会は、結論から言うと一度も訪れなかった。妹さんが職場の繁忙期を理由に、娘さんの部活の保護者会を抜けてしまったからだった。顧問先生への抗議でつながっていた保護者の集まりは、そのコア的な存在であった小島部長の妹さんを欠くと散り散りになり、仲の良い人同士はべつの話を始めた。

小島部長は、事態の沈静化を喜んではいたものの、なんで夫や自分や自分の娘などの周りの人間が何を言ってもだめだったのに、赤の他人が話を聞いてくれると気が済んでしまったんだろう？　と嘆いてもいた。

私は理解できる気もした。周囲の近しい人とはすでに文脈ができすぎているし、情報が多すぎるから、言葉や気遣いそのものを受け取れなくなっているのだろう。どれだけ気遣うような言葉をかけられても、でもこの人は以前自分を否定したではないか、と思うと、心を開けなくなるのだろう。

それと比べると、それまで知らなかった人は新鮮だ。なにしろ情報が少ないし、自分の良いところをうまく編集して見せることができる。

経緯について吉子さんに報告すると、それはよかったですね、とあっさり言っただけだった。妹さんの夫である、小島部長の義弟さんが、ぜひ会ってお礼を言いたい、些少だけれども謝礼も用意したと申し出ていた、と話すと、私は途中でやめてしまった人間ですし、けっこうですよ、とのことだった。義弟さんからはその後、お食事券が四人分小島部長に送られてきたらしく、私に全部渡してきた。

私は一人前をもらい、残りを佐紀に渡して、吉子さんと谷岡君にあげてくれと伝えた。もううそをつくことはできません。

吉子さんの言ったことは、ずっと私の頭の中に残っていた。

他人にうそをつくことは、それ以前にまず自分にうそをつくという行程を必要とする。それが平気な人もいるし、苦痛な人もいる。吉子さんは苦痛に感じる人だったのだろう。最初はおもしろそうだとゲームにのっても、いざプレイヤーになると、自分がうそをつくのが好きではないことに気が付いた。

だから、人が他人にうそを求めることの奥底には、その相手が感じるかもしれない痛みを無視して、自分にはうそをついてくれという傲りが存在する。

私は、自分が友人のさな子にせめてうそをついてくれと言いたかったことを思い出した。さな子はうそをつくのが平気なほうだろうか、それともつらい人間だろうか。

いや知らなくていいと思い直した。知る機会ももうなくていい。

*

十二月に入って一週間も経つと、寒いなりに気候が落ち着いてきた。寒いのは気が滅入るが、「ずっと寒い」は「寒くなっていく」よりほんの少しだけましだ。吉子さんがそう言っていた。私も、いつのまにかクエン酸のドリンクを飲むのをやめていた。

月の半ばの休みの日に、谷岡君と佐紀と鉄板焼の店に行くことになった。谷岡君が「自分は何もしてませんので」ということで佐紀と私で使ってくれとお食事券を渡してきたので、佐紀は「いや自分も何もしてませんので」と突き返し、だったら二人がもらった分を併せてちょっといい店に行くかという話になった。そしてどうせなら、私や吉子さんや流希也くんを誘うといいねという話になったそうだ。けれども吉子さんは、流希也くんが通っている絵画教室の展覧会に行くために、流希也くんもそちらに行くために欠席となった。吉子さんが展覧会に行くのは五回目だという。

なので鉄板焼に来たのは三人だった。途中から私もお食事券を使うことに決めて、少し早い、時間も早い忘年会のような趣になった。小島部長の妹さん家族のことについて経過を話すと、何だったんだろうって感じだろうなあその顧問先生からしたら、と佐紀はぼやくように言った。

とにかく事態は急激に沈静化した。小島部長の姪御さんは、なんとか学校に戻って、冬の寒さが定着するにつれ、少しずつ元気を取り戻しつつあるという。妹さんの様子は、はっきりとはわからないが、職場で回ってきた仕事をこなしながら、家族のことはほどほどにほったらかしているという。義弟さんと妹さんとの間には、まだ話し合いらしいものはないが、妹さんは義弟さんが持ちかける雑談には応じるようになったそうだ。小島部長の妹さんたちに槍玉に挙げられていたトレッキング部の顧問先生は、交代はせずにこれからも顧問を続けることになった。

小島部長は最近、クリスマスにアガサ・クリスティーのドラマを一気見するために、ＣＳのチャンネルに加入したそうだ。好きなウイスキーも開けるんだとほくほくだった。要は小島部長がそういう話をする程度には、状況が回復したということだった。

鉄板焼の終わりの方で、私の隣に座っていた佐紀がトイレに立った時に、私は谷岡君にちょっとした相談をされた。

「実は、小島さんの山歩きに付き合った帰り道で、自分は佐紀さんに〈付き合いましょうよ〉って言ったんですけど、〈私も谷岡君がいいなあと思うんだけど、来年から就活があるからなあ。付き合うことでお互い選択肢が狭まるのもなんだし、とりあえず内定もらってから考えようよ。いやもちろん考慮はするけどさ〉って言われまして。本当なんでしょうか？」

私は、特に意外性も感じないでうなずきながら、谷岡君の話を聞いていた。どちらもそれでいいと思う。ふたりは気が合うようだ。

「そのままだと思うよ。佐紀は自発的にはうそはつかないし」

そう答えると、あーそうだと良かったですー、万が一気を持たされてたらなーとか思ってー、と谷岡君は天井を仰ぎながら首を振って、手元の水を飲み干し、水おいしー、と言った。

「うそつきのみのりさんが保証するなら本当だー」

「私は比較的うそを考えられるだけで、うそつきっていうんじゃないですよ」

「そうですね、すみません」

谷岡君はすぐに恐縮して、余っていたしいたけを焼き始めた。それからすぐに佐紀は、ちょっとねえ、と怒ったように言いながら戻ってきた。

「歯にめっちゃ青海苔付いてたじゃないのよ、上下両方とも。言ってよ！」

佐紀は谷岡君に対して主に怒りながら席に座る。私は佐紀の隣にいるのでわからなかったのだが、たぶん、三十分ぐらい前に頼んだミニお好み焼きのせいだろう。

「いや話に夢中で……。これからは言うようにするよ」

「頼むよ！　私は隠し事も苦手なんだからさ」

私は自分もしいたけを焼きながら、ふたりの話をラジオのように聴いていた。うそも隠し事もべつに楽しくはない、と思いながら、ふたりがこれからも過ごせることを願った。

通り過ぎる場所に座って

世の中には人が過ごすいろんな場所があるけれども、私にとっては地下鉄の駅のホームがちょうど良いと思う。自宅はどうしても電気料金のことが気にかかるから、涼しくするにしろ暖かくするにしろ控えめにしてしまうし、反対に飲食店はこれでもかというほど涼しかったり暖かかったりする。地下鉄の駅のホームはそのどちらでもない。車窓を覗く楽しみがないぶん、雨風や直射日光から守られている。

家からの最寄り駅の、地下鉄のホームのベンチにじっと座っていると、こんないいところを知っているのは私だけなんじゃないだろうか、と少しだけいい気分になる。改札の近くに一台だけ自動販売機があるし、お手洗いもあるから、単に過ごすというだけの最低限なら満たしてくれる。選択肢がほとんどない分、あれをしようこれをしようという考えを頭から閉め出せるのもよかった。

だいたい二か月ぐらいになる。職場でも家でもなんだか落ち着かなくて、通勤と退勤の時間だけほっとしている自分に気が付いてから。職場で落ち着かないのは仕方ない、仕事だから、と自分に言い聞かせるのだけど、三年ほど同じ仕事をしている大滝さんの当たりがきつくなってきているのは強く感じる。

十二歳年下の同僚の大滝さんは、私より一年遅れて中途採用された。私は彼女に一通り仕事を教えて、それからは先輩も後輩もない関係でいる。どちらのほうが仕事ができてというわけではないと思うけれども、大滝さんのほうが社交的で、新たに入社してくる社員たちとコミュニケーションを取るのがうまかった。私は、「倉田さんといると落ち着きます」とは言われるけれども、大滝さんほどは年下の社員になじんでいないと思う。大滝さんが私を何かの標的にし始めたのは、私が職場のパソコンをつけっぱなしで帰るという出来事からだった。「ああいうの、気をつけた方がいいですよ」という忠告から、「マウスそんなにクリックしないと仕事できないですか？」「トイレの時間、長くないですか？　ご病気？」などとことあるごとに言われるようになった。繁忙期で二人ともがすごく忙しい時に、こちらのほうを見ずに、「私、倉田さんより二人多く子育てしてるんですよ」と言われたこともあった。大滝さんと、他の後輩を交えた昼休みの食事が苦痛になった。テレビの話でも家族の話でも社会の話でも、それとわからない形で小さくあてこすってくる大滝さんと私的な話をするのはストレスだった。五十二歳にもなって何を気にしているのかと情けなかった。

職場の落ち着かなさは大滝さんに由来するものとわかっていたけれど、家庭でのそれはもっと茫洋としていた。もしかしたら、今年の二月に息子の育生がサッカー部をやめたことに由来しているのかもしれないとは思う。小学一年から十年続けたサッカーを育生はやめた。部内でいじめがあったとか、練習が厳しすぎるといった決定的な理由はないのだが、育生はやめてしまった。それからの七か月、育生はロードバイクに乗ったり英会話に通ったりしながらも、続けられることを見つけられないでいる。

言葉にするのははばかられるけれども、家の中には次第に、静かに、育生の挫折が漂うようになった。学校にはちゃんと行っているし、暴力も暴言もない。ただ育生からは快活さが減り、一人で何かを憂えているようなことが多くなった。夫婦で個別に育生と話そうとしたことを、二人で持ち寄って話し合うことはある。でもいつも、私たちは見当はずれな気がする、という結論にたどり着く。息子の考えていることがわからない。

料理も人をもてなすこともうまくないのに、ホームパーティーのようなことをやって育生を元気づけようとしてみたことはあったけれども、何も変わらなかった。友達を呼んで、と言って連れてきた同級生二人は、一見素朴なぐらいの身なりの男子高校生だけれど、噂話ばかりしている男の子たちだった。次から次へと湧いてくる彼らの誰かへの不満と軽蔑と笑い声をただ聞きながら、育生は黙々と私が作ったさしておいしくもないミートローフを食べていた。

あの無理な演出が、もしかしたら育生の憂鬱を長引かせているのかも知れない、と思うと、家に帰るのが怖くなった。場違いな努力をして家の土台を目減りさせているのは自分かもしれない。だから私は、地下鉄の駅のホームでじっとしていた方がいいのだ。

＊

別の日、私は地元の駅のホームで少し休んだ後、職場に財布を忘れたことに気が付いて取りに戻った。職場からすぐに出て、駅に戻る喫茶店の窓際で、大滝さんと後輩の若い女子二人が楽しそうに話しているのが見えた。

帰りの電車の中では、肩を上げられないような、びっしりと体にまとわりつく疲労感を感じながら、携帯で何の記事を読もうか考えるのも面倒だったので、目の前の英会話学校の広告の文字をひたすら読んでいた。学費はすごく高いらしい。昼休みに誰かが言っていた。具体的にいくらなんだろう、と思うけれども、携帯で検索してより落ち込むのもいやなので、疑問はそのままにしておくことにする。

今日の二度目の帰り道はやけに長く感じた。同じことを短時間の間に繰り返すとそう思うのかもしれない。地下鉄は、やっと自宅の最寄り駅の一つ手前の駅に停車する。英会話学校の広告の若い男のネクタイの柄をじっと眺めながら、視界の端の車窓越しに、見覚えのある人物がベンチに座っているのが見えた。育生だった。息子はじっと座って、自宅の方向に帰る電車にはまだ乗ろうとしなかった。育生を乗せないまま、電車はすぐに発車した。

私たちはたぶん似ているけれども、かといって何もできない、と私は思った。けれども、息子が自分の焦燥を誰にも話さず、一人で静かに堪えようとしているのではないかということも感じた。私が満足いくまでぺらぺらしゃべってくれるわけではないけれども、それはそれで悪いことではないんじゃないのか。

私は深く息をついて、とりあえず育生の好きな炭酸飲料とピザ味のポテトチップスを買って帰ろうと思った。そして「自分のために買ったけど、それ食べていいよ」と言おうと思った。夫にも買ってきてもらおう。それで、育生の買った英会話のテキストを貸してくれと頼む。後でその話をしたらいいのだ。どこを間違えただとか、どこが勉強になっただとか。

育生を信頼しようと思った。私に似ているのなら、いつかこんなふうに別の局面を見つけるだろう。

我が社の心霊写真

社員交流会の写真の整理を頼まれていて、まずいのを見つけた。釣った魚を社員たちに持たせて自慢している専務の画像のうちの一枚の斜め後ろに、いるはずのない壮年の女の人がいたのだ。女の人は、苦しそうに顔をしかめて右手を広げて、専務の頭をつかもうとしていた。

一目見て、私はひぇっと息を呑んでマウスを放り出してキャスター付きの椅子で後ろに飛び退いた。専務の耳に入ったら面倒なことになりそうだったので、残業中で、フロアにいるのが自分一人の時で良かったと思う。同じように残業していた部長は、たまたまコンビニにおやつを買いに出ていたし、次長はトイレ休憩で、たぶんついでに相撲の中継を観てくるはずだ。

震えながらモニターから目を逸らし、さっき目にした女の人の顔について思い出すまい思い出すまいと頭の中で唱えながら、結局思い出してしまう。怖い。あれが心霊写真というものなんだろうか。心霊写真の実物なんか私は見たことがない。水辺で何かあった誰かなのだろうか。自分の顔が、ひとりでに女の人の顔付きを模倣するのを感じながら、けれどもなぜか、女の人の顔が思ったより怖くなくておもしろいものだったんじゃないかという変な考えが頭をもたげるのを感じた。自分が今やっている表情が、画像の女の人と一致しているのか確認したいというわけのわからない欲求もわき上がってきた。

いやー、でも、いやー、まあ、とぶつぶつ言いながら、おそるおそる足で床を蹴って椅子を動かしてデスクの前に戻り、私は無駄に勇気を振り絞ってさっきの画像を確認してみることにした。

間違いない。私の母親ぐらいの年の女の人がいて、口元と頬と目元を歪めて憎々しげなんだけどやや変顔寄りの顔をして、専務の頭をつかもうとしている。なんとか慣れるために、改めて数十秒間正視すると、女の人はかなりおもしろい顔をしているような気がして、私ははからずもぶっと笑ってしまった。

気持ちはわからないでもない。バーベキューの準備を離脱してバス釣りをしてきたというこの時の専務の自慢は確かにうざったかった。社員交流会の行き先も、今年は気まぐれに同行したくなったという専務が、バス釣りのできるところと勝手に決めたのだった。バス釣りのガイド料金は交流会の予算から出すとのことだったので、社員のバーベキューはやや貧弱なものになった。それでもそこそこ楽しんで食事をしていたところに、「釣れたから見に来い」と専務が呼び出してきた。

思い出すだけでちょっと腹が立つ。ある意味で、その女の人の憎々しい表情は、私の内心の顔付きでもあったのかもしれない。誰だかは知らないけれども。

とはいえやっぱりこれまずいやつだよな、と改めて寒気を感じながら、別の画像を確認すると、帰る時に撮影した集合写真のうちの一枚にも、やはり見覚えのない女性が写っていた。いちばん端で、なんだか取り繕うようにすました顔をして、体の前で両手を重ねている女性は、専務の頭をつかもうとしていた女性とどうも同一人物のようだった。なんだか、さっきの専務の画像に写り込んで頭をつかむ動作をしていたことを恥じているように見えなくもなくて、知らない人が写っているのは明らかに怖いことなんだけれども、またほんの少しだけ笑ってしまった。

専務の写真は、実は女性が写り込んでいるものがいちばんよく撮れていたというのも、皮肉でおもしろいような気がした。私は、女性の写り込んだ画像を社内の共有フォルダから出して自分のデスクトップに移した後、数分間悩んで「新しいフォルダ」を作り、そこに入れておくことにした。

あまりにもはっきりとやばい写真だったので、自分は今夢を見ているのかもしれないな、とも思った。ものすごく疲れているわけでもないけれども、先週まで大変だったし、その影響で幻覚を見ているのかもしれない。明日来たらこの写真はフォルダごと消えているかもしれない、などと思いながら、私は帰り支度を始めた。

＊

次の日も、フォルダや画像は消えてはいなかったのだが、女性は消えていた。私は、自分の目や脳を訝りながら、その画像を社内の共有フォルダにいったんは戻そうとしたのだが、結局やめた。集合写真は戻さなくても支障はないし、もう片方は、専務がよく撮れている画像だからこそ戻さなかったのかもしれない。

おかしな現象は、社内の会議の録音を書き起こしていた時にも起こった。男性の取締役だけでやっている月に一回の会議に、女性の声が入っていたのだった。議題は、業務部のフロアの席替えをするかしないかというもので、よく聴くと、仲の良くない社員同士を近くにして社員間の分断と相互監視を目的にしようというたちの悪い内容だった。総務部に所属している私のフロアのことではなかったから、私に書き起こしを依頼したのかもしれないけれども、嫌な話ではあった。

五人の取締役のうち、専務は自分が考えたそのアイデアを押し通そうと大声でしゃべっていたが、総務部長と兼任の常務と営業部の部長はどうでもよさそうで、業務部の部長はやんわりと反対していて、去年代替わりした二代目の社長は、その間で意見を決めかねているという様子だった。

社員なんかいがみ合わせてなんぼだろ。誰かがそいつにとって都合のいい要求をし出すと、べつの奴がそいつが嫌いだっていう理由だけで反対する。団結できないから上のこちらの言うことをきく。簡単じゃないか。

専務の倫理観も何もない言葉に顔を歪めていると、突然女の人の声が聞こえて、私はまたキャスター付きの椅子でその場から飛び退いた。イヤホンが耳からはずれた。「……………よ、……………に！」という内容だったと思う。ほとんど聞き取れていないに等しいのだが、女の人の声は怒っていた。

私は再び、昨日見たということになっている専務の頭をつかもうとしながら顔を歪めていた女性と同じ表情をしながらデスクの前に戻り、二分間悩んだあげく、震える手でプレイヤーを手に取って十五秒戻しをタップする。

「……言うことをきく。簡単じゃないか」という専務のむかつく放言の後に、「なによ、あんたのその植毛、×××みたいにしてくださいって業者に言ったって聞いたことあるわよ！」という女性の声が入っていた。「三十歳年下の愛人怒らせて部屋から閉め出された時に、似合ってないんだよ！　って悪態つかれてたくせに！」。〈×××〉に入るのは、専務より三十歳年下どころか、三十五歳は若そうな、まだ二十代半ばのあるアイドル芸能人だった。

まじで!?　と思わず私は呟いてしまい、一緒に残業をしている次長にあやしく思われないかと背中越しに次長の席を見たのだが、モニターで頭が完全に隠れてしまうほど何かを集中して眺めている様子だったので、たぶん相撲の結果のチェックに夢中なのだと思われる。命拾いした。

その後も会議の録音を聴き続けると、女性は、席替えにはどうも反対のようなものの、専務の自信ありげな態度に屈して意見を保留にし続けている社長の発言の後に、「そうやってなんでも決められずにいるから前の彼女を逃したんじゃないの！」とも毒づいていた。

そこにいないはずの女性の声の後には、三秒ほど誰も発言しない空白ができていた。それから社長の声が聞こえた。

今はやめましょう。べつに社員さん同士が結託してこちらに都合の悪いことを言ってきているわけでもないし。

私は、ほぉ、と高みの見物を思わせる声を漏らしながら、キーボードを叩いて社長の発言を入力していった。それから会議の終わりまで、女性の声は一度も聞こえなかった。

会議は社員の尊厳にとって悪くない方向に進んだようだったが、そこにいないはずの女性の声が、愛人に閉め出されただとか彼女とうまくいかなかったとかといった上層部の人間の情報をリークしていったことについては、やはり説明がつかなかった。

私は、迷ったあげく、会議に参加していた取締役の中で、比較的話がしやすい業務部の部長に内線をかけて、会議の書き起こしの件なんですけど、少しおたずねしていいですか？　と頼んだ。

「いいよ」

「女の人はその場にいましたか？」

私の問いには、はあ？　なんでそんなこと言うの？　という疑問が返ってきて、まさか知らない女の人の声が入ってて、とは言えずに、あーいえなんか勘違いしたみたいで、とごまかすと、音声データの扱いが簡単になってから、書き起こしの作業が社員の持ち回りになったんで、もうずいぶん書記みたいな人は入れてないな、メモ程度は個人で取ってるけどね、という言葉が返ってきた。

「以前はどなたかいらっしゃったんですか？」

「駒井さんだね。速記ができたから。一年半前まで定年後の再雇用で働いてたんだけど、一年前に亡くなったんだ」

君と同じ総務にいた人だよ、と業務部の部長は付け加えた。

名前は聞いたことがある。ただ、私と会社にいた期間は重なっていないし、駒井さんという人が辞めてから私が来るまでの一年の間に、私と同じ仕事をしている人は二人も替わっている。私はこの会社にきて半年になる。

私は、しばらく頭を抱えた後、会議の録音データが集約されている社内の共有フォルダを開け、ＰＣにイヤホンを差しなおして、さしあたり十年前のデータを早送りで再生してみる。一時間に渡る会議で発言しているのは男だけなのだが、最後の五秒のところに女性の声が入っていた。

×月×日の定例会議を終わります。書記は駒井です。

一聴しただけで理解した。それは、専務に起こったことを暴露していた、あの声だった。私はまた、専務の頭をつかもうとしていた女性と同じように顔をしかめていた。

＊

駒井さんという人について、社内でたずねて回ることもできたのかもしれないけれども、ほかの社員にも駒井さん自身にもなんだか悪い気がしたので、私は自分なりに調べてみることにした。

予感はしていたのだが、会議で悪態をついていた駒井さんという人は、社員交流会の写真に写っていた壮年の女性と同じ人だった。以前の社員交流会の写真のデータを漁っていて、行き先が同じだった八年前の画像に、専務の頭をつかもうとしていた女性が写っていたのだ。その画像の中では、女性は顔を歪めてもすましているわけでもなく、タマネギを切ったり肉を焼きながら笑っていた。その時に後ろを通っていた総務部長に、これはどなたでしょうか？　とたずねると、駒井さんだな、という答えが返ってきた。

「いい人だったよ。安心して仕事を任せられるし、楽しい人だったな」

「そうなんですか」

「言う時は言うけどね。僕も若い頃、今考えるとなめた期限で仕事を頼んだりした時にけっこうたしなめられた」

懐かしそうな部長の口振りに、私は、そうですか、とうなずいた。駒井さんは、会社に自転車通勤していて、当時はすでに退職後だったけれども、亡くなった場所は会社と自宅のちょうど真ん中ぐらいだったとも聞いた。

八年前の社員交流会の画像をさらに見ていくと、専務に振り回された今年の交流会と同じようなシチュエーションが浮かび上がってきた。専務はやはり、社員に釣った魚を持たせて満足そうにしていて、楽しそうだった駒井さんは、その写真で魚を持っている時だけは無表情だった。私は駒井さんの代わりに顔をしかめた。

「新しいフォルダ」の画像を再び確認すると、専務の頭をつかもうとして顔をしかめているほうの駒井さんは消えていて、集合写真ですましている駒井さんはなぜか復活していた。私は、その画像が映ったモニターを携帯で撮影した。今どきの心霊写真というのが、写る側にとってどんなシステムになっているのかはわからないのだが、そのときは、一度携帯で撮影してみることによって駒井さんの姿が保存できると思ったのだった。

それから私は、数日かけて自分のデスクの引き出しを整理して、駒井さんが使っていたのではないかという物を少しずつ選別し始めた。私の前任者の人とその前の人は半年ずつしかいなかったそうなので、比較的使い込まれたものだ。古いデスクペンと、少し重いけれどよく切れるハサミ、しっかりした厚みのあるプラスチックの方眼定規が見つかった。

さらに一週間考えた後、私は以前の社員名簿から駒井さんの住所を探して、自宅に電話をしてみることにした。

専務が嫌いだとは言ってたんですけどね、また同じような勝手をして腹に据えかねたのかな、と駒井さんの旦那さんは、私が渡したデスクペンのキャップを開けながら言った。

「会社で試したんですけど、まだ書けますよ」

そうですか、と喫茶店のナプキンを取ろうとする旦那さんに、スケジュール帳の端を破いて渡すと、すみません、と言いながら旦那さんはさらさらと波のようなものを書いた。

駒井さんの旦那さんは頭がつるつる寄りで、髪の毛は少しだったが、顔立ちがそれに合っているので足りない印象はまったくなかった。

「できればうちに出て欲しいんだけど、会社とうちの真ん中で亡くなっちゃったからかなぁ。仕事自体は好きだったし」

雨の日、駒井さんはスーパーからの帰りで、かごに買ったものをぎゅうぎゅうに詰め込み、右側のハンドルにも商品がたくさん入ったエコバッグを引っかけて自転車に乗っていた。傘はハンドルに器具で固定していて、ときどき片手をハンドルから離し、雨がやんだか確認しながらだったと、彼女の後ろを走っていてやがて追い越していった高校生が言っていたという。彼女は傘を差していなかったので急いでいた。

「雨がやんだなっていう頃合いで、傘を閉じるために片手を離した時にマンホールにのってすべっちゃったみたいですね。それで横転して打ち所が悪くて」

俺とか娘には、毎朝毎朝気を付けろってうるさいぐらいに言ってから出かけてたのに、自分はそういうことしちゃうんだよなあ、と旦那さんは少しの間頭を抱えた後、自転車も空気入れたばっかりで乗ってて楽しくて調子乗ってたんでしょうかね、と顔を上げて少しだけ笑った。

私が携帯で撮影した集合写真の中の駒井さんはまだ残っていた。旦那さんとそれを眺めた後、送りましょうか？ とたずねると、どうでしょうね、と迷っているうちに、集合写真の中の駒井さんは消えていた。なんだかもうしわけなくなって、すみません、となぜか私があやまると、旦那さんは、いいんです、そういうところに妻の姿が写ってること自体不自然なことだから、と手を振った。

私は、少し失礼します、とことわって、一応持ち出してきた会議の音声データをプレイヤーで聴き直してみたのだが、専務の発言の後に入っていた駒井さんの悪態も、社長への突っ込みも消えていた。

自分の荒唐無稽な話を信じてくれた旦那さんに、あと少しだけでも駒井さんの断片を渡したいと思ったのだが、無理なんだろうか、と諦めそうになりながら、プレイヤーのスライダーを最後のところまで移動させると、あのね、髪型は個人の自由だと思うんだけど、社員をわざと分断したり、交流会の資金を自分の楽しみに流用するのは違うと思ったのよ、だからつい言っちゃったの、という落ち着いた声が聞こえて、私はまた椅子に乗ったまま飛び退きそうになった。喫茶店の椅子はキャスター付きではなかったので、真後ろの椅子に少しぶつかってしまったのだが、誰も座っていなくて良かった。

続いて、すみませんが、イヤホンを外して、夫に聞かせてください、という声が聞こえた。私は、一時停止をしてプレイヤーからイヤホンを外し、旦那さんの前に置いた。駒井さんがしゃべり始めた。

正夫、いい人が現れたら必ず幸せになって。そうでなくても見守ってるわよ。

旦那さんはうなずいて、わかったよ治代、と呟いた。

食事の文脈

人は食べ物の情報を見せられると自分も食べたくなる生き物だと思う。そういう同調にはいくつか道筋があって、単純に目の前の人や店で隣り合った人が食べているものを食べたくなるというダイレクトな状態もあれば、テレビや漫画や小説の中で誰かが口にしているものを食べたくなるというリモートな反応もある。テレビにおいては更に、食べ物の取材映像と、ドラマや映画の中で食べられている食事に分けられる。また、インターネット記事におけるおいしいもの情報や、ソーシャルメディアを介して発信される、食事の写真を投稿することで他人の食欲を誘い出してしまう、いわゆる「飯テロ」も存在する。

どのシチュエーションから影響されやすいかは人による。私は、近くにいる他人が食べているものと、映画や漫画や小説の中に登場する食事に影響されやすい方だ。「おいしいですよ」と勧められる取材映像には作為的なものを感じて心が固くなってしまうのか、あまり興味が持てないし、飯テロにもつかまらない。しかし、人の当たり前の営みとして淡々とおこなわれる食事には、私はしょっちゅう影響される。人生で最初に心を捕まえられた物語に登場する食事は、『三びきのくま』で子ぐまが女の子に飲まれてしまったスープだ。

それで最近発見したのだが、これらの他に「自分で食事のストーリーを作る」という方法からも、私は影響を受けるようなのだった。たとえば、ナポリタンスパゲティを、べつに食べたいわけじゃないけど、材料費が安いという理由で「食べたくなろう」とする場合、私は三十八年の人生で見かけたあらゆる喫茶店の店先を思い浮かべて、五番目ぐらいに入りたい店を選び出す。入ったことがあるかないかはどうでもいいのだが、もしかしたらないほうが効果的かもしれない。入ったことがあると、その店にはナポリタンスパゲティがメニューの中にない可能性があり、その時点で私の作ろうとする文脈が切れてしまうからだ。

それから見かけたことのある喫茶店らしい室内を思い浮かべる。そしてその風景の中に、自分を配置する。できればその時の自分がどういう状況なのかも想像する。仮に、過去に経験した新卒時の就職活動の面接の帰りであるとしよう。手応えがあるのかないのかはよくわからない。でもとにかく終わった。あさっても私は面接に行くけれども、とにかく今日の残りと明日じゅうは面接とは無関係でいられる。私は水を飲んで、壁に掛けられているマティスの額絵を見上げて溜め息をつく。野獣派である。

それにしても緊張した。大学時代に学内のサークルに入らず、休みごとの短期のアルバイトしかしていないことについて、五分はつつかれた。余った時間、きみは何をしていたのかね、とたずねられて、私は答えに窮した。大学生の私は、在野の同好会に入って、昼も夜もなくオリジナルのボードゲームを作っていたからだ。

そのことについて、就活を開始して初めての面接で打ち明けたところ、ええゲーム？　紙のやつ？　と怪訝な顔をされた。それ以来、そのことについて面接で話すことはなくなり、読書をしていました、英語とドイツ語の読解の勉強をしていました（輸入したゲームのルールを理解するためにこれは本当にやっていたのだが、自習は評判が悪かった）、家庭菜園をやっていました（ベランダで当時付き合っていた年上の女性がくれたバジルの鉢植えを育てていたのでこれもある意味で本当だ）、などと答えるようになった。

嘘をついているわけではないが、本当の自分を隠す度に心に少しずつ澱が溜まっていく。いつか感触のいい面接があれば、その時は自分について話せるようになりたい。なんだったら作品を見せてもいい。いやだめか。

明後日までは面接と無関係でいられるのにまた考えてしまっている。今はとにかく、一つこなしたことを労ってやりたい。そんな折、バターと玉ねぎとケチャップの香りが厨房から漂ってくる。私はテーブルの端のメニューを取り、ナポリタンを注文した……。

というようなことを詳細に想像するとあら不思議、ナポリタンが食べたくなる。ナポリタンの口になる。

今日私は、天津飯の口になる予定だった。先日、地元の駅前の中華のチェーン店でもらった小さなブック型のクーポンの最後の一枚が天津飯だったからだ。他のは着々と使ったのに、なぜか天津飯だけはずっと残っていた。わりと好きなのに、常に他のメニューと比較すると負けるのだ。私は一度、もらったクーポンをすべて使い果たすという経験をしてみたかったのだが、クーポンの期限である今日も、一向に天津飯を食べたいという気分になれなかった。なので自分の中で需要を作り出す必要に迫られていた。

定時に会社を出て、帰りの電車に揺られながら、私は自分にとってありうる天津飯の物語を考え始める。その日私は残業をしていたはずだ。残業はシチュエーションとして月並みだが、普遍的な効果がある。私は得意先から理不尽な仕様変更を言いつけられた。こちらが何回も確認したにもかかわらずだ。対応に追われて私はへとへとだ。時刻は二十二時を回っている（実際は十八時五十五分）。

私は地下鉄の駅を降り、地上への階段を斜めに上がっていく。疲れていてまっすぐに上がれないのだ。「く」の字を二回描いて階段を上がって出口に差し掛かり、私は呆然とする。雨だ。けっこうな雨。いや思い切ってゲリラ豪雨にしよう。

私は傘を持っていない。いや持っている。貧弱な折りたたみを。私は恐る恐る傘を開こうとするが、疲労感で折りたたみ傘の骨を一本一本伸ばしてやることとすら億劫に感じる。やっと傘を開き、私は雨の中を出て行く。靴の中には数秒で水が入ってきて、その中で足が不快に滑り始める。責め立てるように降る雨もつらいが、疲れていてとにかく座りたい。頭がかすむ。地下鉄の出口にいちばん近いチェーンの定食屋に入ろうとするが、外から見て満席であることに気付いて、私は泣きたくなる。泣いたかもしれない。

雨に加えて風も吹いてくる。折りたたみ傘が風に持って行かれ、翻弄されるように私は歩道を蛇行する。傘の骨が反対側に曲がる。もう直す気力がない。傘の半分が上にまくれる。体の右側が一瞬でずぶ濡(ぬ)れになる。

また風が吹いて、私は中華料理屋の前に運ばれる(今日は自炊でないので実在の店でいい)。中にはちらほら空席がある。私はよろけながら店内へと入る。出入り口に対して最も手前の席に座っている家族連れの中学生の男子が、器に収まった天津飯の端にレンゲを入れる様子を見る。きつね色のあんが、ゆっくりと崩された場所に流れ込んでいく。

よし天津飯だ、と私は開眼する。もう天津飯のことしか考えられない。

電車は地元の駅にたどり着き、私は意気揚々とクーポンをくれた中華料理屋へと向かったのだが、「本日社員研修のため休業いたします」という貼り紙の前に立ち尽くすこととなった。なんでこんなに自分への訴求がうまくいった日に限って……というか、クーポンの最終日に研修なんて。

私はその場に崩(くずお)れそうになりながら、携帯を出して「天津飯　作り方」を検索し始めた。作ったことはない。三十八歳、新しいレパートリーの獲得には少し遅いかもしれない。そこそこ料理はするけれども、とろみのあるものは作ったことがない。でもうちに冷えたごはんはある。幸いにして。

「所要時間二十分」という記述に顔をしかめながら、私はごはんを包んだ玉子にかかったあんのとろみについて考える。無情に閉め切られたシャッターの前で、片栗粉か……、と呟(つぶや)いていると、本当に小雨が降ってきた。

買い増しの顚末

Ａ４の冊子が入るように作られている黄色い紙袋には、その対角を横切るように、開いた本が徐々に鳥になっていくタイムラプスを描いたイラストが印刷されていた。紙袋は三つあって、イラストの線の色はそれぞれ、深い緑色、あずき色、紺色だった。古い紙袋だった。

中に入っている物の形に丸められていた袋を開いて見せると、母親は、懐かしい、と言った。昔は本屋さんで本を買うとこういう紙袋に入れてくれたのよね。

おじいちゃんは何の本を買ってたの？　とたずねると、母親は、園芸の雑誌を毎月買ってたよ、と答えた。

「最近はあんまりだったけど、十年ぐらい前まで、庭にいっぱい花木とかあったでしょう？」

「あったかな。地味な花木だよね」

「ウメとかボケとかね」

「ちょっと思い出した。名前はちょっとあれだけど、ボケきれいだったよね」

「そうね。でも私が育てようとしたら枯れたから捨てちゃった」

　母親はあっさり言い放った後、自分で勝手に淹れた私の家のお茶を飲み干して、じゃ、それ好きなようにして、と言い残し帰っていった。

　三つの書店の袋の中身はすべてペンだった。かなりたくさん入っている。母親は、フリマアプリでこれらのペンの買い手が一週間つかなかった時点で捨てようとしていたのだけれども、筆記用具だったので、一応ライティングで生計を立てている私に電話で問い合わせてみることにしたらしい。

　おじいちゃんの形見の中からものすごくたくさんペンが出てきたんだけど、あんた使う？　それとももう、手で書き物なんてしなかったっけ？　なんでもパソコンで書いてる？　いらない？

　私は、次々投げつけられる母親の質問をかき分けるようにして、とにかくもらっておく、と答えた。それで母親は、三つの書店の袋をうちに持ってきた。

　いったん、すべての袋から中身であるペンの束を床の上に広げて、一つ一つ数えてみると、一六八本あった。一本残らず緑色だ。これは買い溜めたな……、と思う。

　そういえば子供の頃、よくおじいちゃんに文具ディスカウントの店だとか、そうでなくても近所の文房具店に連れて行ってもらったなと思い出す。私も文具が好きだったからなのだけど、買ってもらうものはぬりえだとか紙のきせかえだとか迷路のワークブックだとか、毎回違っていたように思う。おじいちゃんはたぶん、文具を買う機会がある度にこの緑のペンを買っていたのだろう。それも、売場にあるものを全部持って行く勢いで。

緑のペンは、インクが軸に液体の形でおさまってる直液式のもので、商品名は〈レターB〉という。Bはbold（はっきり）のBだと公式サイトに書いてあった。〈レターB〉自体は、今もペンの売り場の端の方で、派手さはなくとも堅実に売られている商品であって、私もこれまで何本か使ったことがある。色の展開は現在、黒・赤・青と今どきのペンにしては控えめだ。おじいちゃんが生前一六八本も集めた緑は、今はもうない。少し検索すると、八年前に製造中止になってしまったということがわかった。インクの最後の一滴までかすれずに書ける、という、質実剛健きわまりないコンセプトの〈レターB〉のユーザーからしたら、色は黒赤青だけでよく、緑色でさえ不要だったということなのだろう。〈レターB〉の緑は、いちばん最後に登場して、いちばん最初にラインナップを去ることになった。

私は、床の上に一六八本の緑のペンを同じ向きに並べながら、当初は反感を覚えた母親の「せめて黒だったら良かったのに」という言説を思い出し、似たようなことを考えてしまう。黒ならまあ、自分が引き取って、一生このペンしか使わないということである程度始末がついたかもしれない。

しかし緑だ。いい色だけれども、書類などには使えない。メモや日記を書こうにも、私は私的な文章はほとんど携帯を使って書くし、手紙を直筆で書くこともない。

母親がフリマアプリを使ってだめだった時は、「緑のペン百本以上」というざっくりした出品名にしたそうだ。もっとちゃんとした商品名だとか本数を書かないとだめだよ、と言うと、もう数えてるうちに面倒になっちゃって、という答えが返ってきた。母親の「面倒くさい」は、もうこれまでやってきた面倒くさいことが人生に染み着いていて、どれだけ日が変わっても、週が変わっても月が変わっても、母親が面倒くさくならないことはもうないのだ、ということに、私は最近気が付いた。

だから今回、よく私のところに緑のペン一六八本を持ってきたものだと思う。さすがに、自分の父親の遺品なので気が引けたのかもしれない。

緑という、筆記には少しマイナーな色に、いったいどれだけの値が付くのだろうかという懸念もある。ペンは一度おじいちゃんの手に渡っているということで、中古と言ってもいいものなのだと思うけれども、一律同じ価格で売りに出される新品に対して、中古市場はカラー展開にはとてもシビアだ。手書き、キーボード、音声など、さまざまな入力方法の中では、私は携帯で入力するのがもっとも好きなので、安い中古の白ロム（ＳＩＭカードを抜いたスマートフォンの本体）を四つ持っているのだけれども、色は全部ピンク色だ。ピンク色が好きなんじゃなくて、中古で出回る時に、他のシルバーとか黒とか青に比べて、ピンクだけが同じ機種、同じような損傷の度合いでも少し安くなるからだ。中古品の値段は正直だなと思う。ピンクは無難な色じゃないということなんだろう。買い手が付かない緑のペンも、そうなのかもしれない。

ほとんど手で字を書くことがないので、私は部屋の中を少しうろうろして、中身を取り出した郵便物の封筒をようやく探し出し、緑色の〈レターＢ〉で試し書きをしてみる。いい色だと思う。目に優しい。思ったより深くはなくて、やや軽い緑色だった。ちょっとｂｏｌｄという感じではない。もしかしたら、これが廃番になった原因なのかもしれないとも思うけれども、おじいちゃんがこのペンを愛用した理由でもあるかもしれない。

「きどさのことなんだけど」数年前におじいちゃんが私に言ってきたことがある。「輝度差、えいちゃん、わかる？　背景が白くて字が黒いと目がちかちかして疲れるんだよね」

なのでパソコンのソフトの背景の色を灰色に変える方法を教えて欲しい、とおじいちゃんは私に頼んできた。いろいろ調べたけれども、使っているソフトによって背景を変えるやり方が違う、だから一緒に考えて欲しい。おじいちゃんは、自分の不快さの原因について、面倒くさがって投げてしまうのではなく、自分なりに妥協点を探る人だった。私は、何度かに分けておじいちゃんが普段使用しているアプリケーションの壁紙の色を変更した。

それで紙はだいたい白い。だから黒より濃くなくて、赤より目に優しい緑のペンだったのだろうと思う。青も、検索で出てきた画像で見る限りではかなり濃い色で、おじいちゃんにとって紙との輝度差は解決されなかったのかもしれない。そういえば私も、受験勉強の時だけは、おじいちゃんが使っている緑のペンを分けてもらって、ずっと使っていた覚えがある。緑の字の上に、緑のシートをかぶせて何が書いてあるかわからなくして暗記するっていうあれだ。〈レターB〉は書き心地がよくて、良い色で、便利だったけれども、大学に入ると暗記をするということがなくなってしまって、緑のペンとも疎遠になってしまった。今はペン自体を握ることがあまりないとはいえ、黒か赤か青か緑のどれかを選べ、と言われたら、黒を選んでしまうだろう。

緑色で書いた買い物メモが冷蔵庫に貼られているのは何回か見たことがあるけれども、おじいちゃんは緑のペンをほとんど日記というか日報を書くことに使っていた。おじいちゃんが亡くなった後、ノートが何十冊か見つかって、そこには、おばあちゃんの病状だとか、おばあちゃんと話したことだとか、自分の体調だとか、テレビの感想だとか、食べた物の感想だとか、趣味の花木とか公園で見かけた水鳥の絵もあったし、とにかく何か書いていた。

おばあちゃんが亡くなった後は、料理のメモを盛んにとっていた。一度調べたとおりに作ってみて、それを自分なりにアレンジしたものはたいてい書き残していた。私から見て、理にかなっているというものもたくさんあったし、「もう少ししょっぱくてもいい」とか書いてあったら、いや、やめようよ、と言いたくなる。

母親の兄が記録のたぐいが好きなので、電子化したいと言って日記はほとんどを持っていって、私は一冊だけもらった。そのうちスキャンするので貸してほしい、ということは、すでに伯父から申し入れられている。中身読んだ？　と訊くと、ああ、スケッチとか料理のメモね、とあまりこだわりはない様子で伯父は言っていた。そして、全部はデータにしてから見るよ、と続けた。伯父はとにかく記録を網羅することに興味があって、中身に対する思いはそれほどらしかった。

生前、おじいちゃんが緑のペンを使って何か書いているところは何回も見たことがあるので、変わった色好きなの？　と訊くと、そうだな、と答えたので、私は大学を出てからの初任給で、高校生が使うみたいな安い万年筆と、濃いピンクだとか黄土色だとか茶色の、あまり見かけない色のインクカートリッジのセットをあげた。おじいちゃんは、ひととおり喜んでくれたものの、なんで？　という様子も少しあって、結局長い間仏壇に供えていた。

一年ぐらい仏壇に供えてあったのが、ある日急になくなったので、使うことにしたの？　とおじいちゃんにたずねると、伯父が、使わないならもらっとくよ、と言って持って行ったとのことだった。私は複雑な気分だったけれども、えいちゃんはおもしろいものを父ちゃんにあげたね、と伯父に言われると、なんだかその気分も萎んでしまって、そのことは結局忘れた。

＊

私はさっそく、四日ぶりの買い物メモから緑のペンを使い始めたものの、自力で一六八本を使い切るのはきわめて険しい道だと思い知らされた。〈レターB〉は、ペン先とお尻の両側のキャップこそ内蔵されているインクの色がついているけれども、軸自体は透明になっている。だから自分がどのぐらいそのペンのインクを使ったかということがこの上なくはっきりわかるのだが、緑のインクは使用前も使用後もなみなみと軸を満たしていて、私の買い物メモごときでは、まったくインクが減っていない様子だった。

仕方なく、預かった音声の文字起こしの仕事に使ってみたものの、音声入力を併用して、携帯で書く方が圧倒的に速かったし、手も疲れなかったので、手書きには十五分で挫折した。一六八本どころか、八本でも手に余るな、と思い直して、考えたあげく、ひとまずペンを十本並べてみて写真を撮った。

『〈レターB〉緑／グリーン、10本セット』などと、オークションサイトに出すための文言を作りながら、値付けのことを考えると早くもくじけそうになった。〈レターB〉の定価は百円だが、千円はつけられないことはなんとなくわかった。半額の五百円でもなんだか気が引ける。もしかしたら十本百円ぐらいが妥当なのかもしれないけれども、せっかくおじいちゃんが集めた〈レターB〉の緑なので、そんな安い値で処分するのはいやだった。だったら本気で欲しい人にタダで全部あげた方がましだ。

また、十本ずつ売るとすると、私の取り分として端数の八本を除いたとしても、十六回も取引をしなければならない。私は売り手側としても買い手側としてもオークションを利用したことがないし、十六回も出品して、入金を確認して、物を送ると考えるだけでも気が遠くなった。できれば三十本単位、いや、五十本単位で、廃番になってしまった〈レターB〉緑の価値がわかる人に引き取って欲しい。

血迷って、テレビの探偵番組にハガキを書こうと白ロムで文言を作り始めたものの、採用されるかされないかでまたやきもきするな、と思い直して、インターネットの力に頼ることにした。文具のインフルエンサーみたいな人を探して、助力を仰ぐことにしたのだった。

私は再び、今度は一六八本すべてを床に並べて写真を撮った。デスクスタンドなども持ち出し、ライティングにこだわったりして、美しく見えたり、若干気持ち悪く見えるように撮影した。後者に関しては、まずは私のおじいちゃんがちょっと変わっていると思われることが、誰かの注意を引くには肝心だと思ったからだった。それから、緑一色で記されたおじいちゃんの日記のスケッチの部分なども白ロムにおさめた。

文具のインフルエンサーみたいな人の選定には三日を要した。レア物、高級な物を取り扱っている人よりは、庶民的な、こだわりなく誰でも買える物にこだわっている人が望ましいと考え、最終的に三人にまで絞り、これまでの記述を遡った。一人は、半年前から断続的に職場の後輩の悪口を書いていて、もう一人からは、文具よりＫ－ＰＯＰに興味が移りつつある兆候を感じたので、私は、三十歳前後と思われる「ひすい」さんという人に、一六八本の緑のペンと、おじいちゃんの日記の画像を添付してメッセージを書いた。

《つきましては、できるだけ思い入れを持っていただける方にお譲りしたいと考えました。一件につき、五十本単位を考えています。送料はこちらで負担いたします。何卒、拡散のほどよろしくお願い致します。ペンの色は翡翠色と言っても良い色だと思います。同じ名前のご縁に縋らせていただけましたら、祖父も私も幸いです》

＊

これはおじいさん集めましたねえ、とひすいさんは二日後に返信をくれた。私自身はこれ三十二本持ってるんですよね。だから私のほうで分けていただくのはちょっと難しいとしても、いろんな人に知らせたら、欲しい人は必ずいると思います。

続いてひすいさんは、送料が無料、ペンも数十本が無料だと、一応もらっとくかみたいな人も応募してくるかもしれないので、送料+ペンの値段で千円ぐらいは言ってもいいかもしれない、というアドバイスをくれた。確かに、一応もらっとくかの人におじいちゃんの遺品を譲りたいとは思わないので、それに従うことにした。

ひすいさんがペンについての記事をリリースすると、けっこうな勢いで記事を見た人が反応しているのはわかった。「懐かしい～」とか「欲しいけど使い道がない」といったまったく毒にも薬にもならないコメントは流していたけれども、「じいさんおかしい」だとか「この遺品はちょっと迷惑（苦笑）」などと書かれると、「なにを！」という気分になった。ひすいさんが協力してくれることはとてもありがたいとしても、変わった物が欲しい人をコストをかけずに探すのは大変なことだし、興味を引くためにはプライベートを切り売りするものなのだ、と少し悲しくはなった。

ひすいさんは、メッセージで連絡をくれた人に、私のメールアドレスを教えるという形で仲介役になってくれていて、記事のリリースから二日後、私のメールアドレスに最初の連絡があった。「緑川碧」という女性で（本名）、緑グッズを集めているので、ぜひペンを譲って欲しい、とのことだった。そのまま、そうですか、とレターパックライトに入れて送ってもいいところだったのだが、一応遺品なのと、遠方の人だったのとで、リモートで面談をすることにした。

名前は確かに、大学を出る頃までは嫌でしたけど、もう最近はネタにしちゃってて、それでそうしてるうちに好きになってきて、と二十代半ばに見える緑川碧さんは言った。名字に動物の名前が入ってる人が、サイン描く時にその動物の絵を描いたりしますよね、鮫島さんだとサメ描いたり、鶴岡さんだとツルを描いたり、そういう感じです。

翌日、緑川さんにペンを送ると、その次の次の日に、「ご笑納ください」という申し送り付きで、若草色のポケットティッシュ二十個が送られてきた。P県の信用金庫が配布していたものので、ティッシュではあるのだけれどもかなりきれいだった。私は、箱の中からティッシュを取り出して床の上で数えながら、珍しい物をもらったうれしさと同時に、これ、捨てられないかも……、という予感に軽くさいなまれた。ティッシュは、おじいちゃんがペンを入れていた黄色い袋にしまうことにした。

緑川さんの次は、川塚郁夫さんという、文具の商社を定年退職した後、個人で文具の展示室をやっている男性だった。〈レターB〉は、実は海外にも根強いお客様を持つ名品なのです、という内容の、堅いけれども丁寧なメールが来た。

どちらかというと、〈レターB〉緑というよりは、〈レターB〉そのものを非常に高く評価しているようで、生産停止が決定した時に確保しようとしたけれども、需要がそれほどではあるのでつい見送ってしまった、しかし今回は十本を大切に展示し、五本を私用に使い、三十五本を退職後も連絡をとり続けている海外の個人の顧客に一本ずつ送る予定だ、とのことだった。

川塚さんも遠方の人だったので、やはりウェブ通話で面談をしてみて、試しに「いちばん遠いお客さんはどちらの方になるんでしょうか？」とたずねてみると、「グリーンランドですね」という答えが返ってきたので、私はそのことをおじいちゃんに言いたくなった。おじいちゃんの緑のペン、グリーンランドに行くんだってさ。

川塚さんは、〈レターB〉緑が廃番になった際に買い溜めなかったことを相当後悔しているのか、終始恐縮していて、こちらがペンを送った後、「貴重な物をお譲りいただきありがとうございました！」と各社の生産停止になったノートを十五冊、詰め合わせで送ってくれた。

床の上に、さまざまなサイズ、表紙の色、罫線の太さのノートを並べながら、私はほとんど手で字を書かないのですが……、とやはり少しぼんやりしてしまった。けれども、ある学習用ノートの表紙の写真が大好きなエトピリカで、付録のコラムが〈クーリングオフについてのまとめ〉だったので、ちょっとこれは手元にいる物かもしれない、と思い直して、大切にしまっておこうと決意した。川塚さんは、すべてのノートについて簡単な解説を記したメモを添付してくれたのだが、エトピリカのノートは、生活の豆知識シリーズとしてそれなりに社内でも盛り上がって記事が掲載されたものの、「知識として知っておくのはいいけど、小学生がクーリングオフをするという状況ってあるか？」という問題が持ち上がり、次の版で早々に記事が差し替えられた商品らしい。

メモを眺めていると、川塚さんが送ってきた、もう小売りでは流通していないノートの全部がかけがえのないもののように思えてくる。手書きでほとんど字を書かない私だけれども、少しは手を動かしてみてもいいのかもなあと考え始めてしまう。そして、おそらく気分的に処分が難しいであろう貴重なノートの行方については、今は何も所感を持たないことにした。川塚さんのノートもやはり、ペンが入っていた書店の袋に入れて保存することにした。

最後の五十本は、城戸美知子さんという女性の手に渡ることになった。城戸さんは、〈レターB〉を生産する工場で働いていて、八年前に定年になったとのことだった。「私の定年の年に、そのペンも生産が停止されることになって思い出深いものなんです」と城戸さんは書き送ってきた。城戸さんは、比較的近くに住んでいる人だったので、私は会いに行くことにした。城戸さん、と何度かメールに書きながら、私はおじいちゃんがディスプレイの輝度の話をしていたことを思い出した。きどさ、とおじいちゃんが突然言い放ったときは、何かの方言かと思ったけれども、あれはおじいちゃんが七十を過ぎてから覚えた言葉だったのだ。おじいちゃんが輝度を気にし出してから、私も白ロムやパソコンで字を書くときに背景の色とフォントの色の濃さに差がありすぎないか気にするようになった。

城戸さんは、郊外の小ぢんまりとした一軒家に一人で住んでいた。子供さんたちはすでに独立していて、家は両親から相続して改修したのだという。やはり小さい庭にはキンモクセイの花が咲いていて、自分がよく行っていたおじいちゃんの家に少しだけ似ていた。

城戸さんは、〈レターB〉の工場でペン先の洗浄工程の仕事をしていたそうだ。緑はあまり需要がなくて、最後の方は生産数が絞られていたため、社内の関係者でも持っている人は少ないとのことだった。

「懐かしくて、五十本っていうのがすごく迷ったんですけど、つい応募してしまいました」

「そうですか」

城戸さんは、五本か三本ずつ、当時自分と一緒に働いていた人たちにあげようかと思ってるんです、と話した。それでも二十本ほどは捌ける気がしないそうだ。私はつい、余りそうだったら送り返していただければ、などと言ってしまった。手元にある十八本だけでも間違いなく手に余りそうなのにもかかわらず。

けれども、ペンを譲る引き替えに、ティッシュをもらったり、ノートをもらったりしているうちに、うまく人手に渡したつもりでも、結局新たな何かを抱え込んだりすることになるんだな、というのはなんとなく理解するようになっていた。そしてそれが絶対に避けるべきことでもないことを。

城戸さんは、帰りがけに庭を案内してくれて、ボケだという小さな植木をくれた。今年ちょうど挿し木で増やしたところなのだという。いいんですか、と訊くと、来年またやりますんで、と城戸さんは答えた。

「おじいさんが絵に描いてらしたんで」

「よくわかりましたね。ウメそっくりなのに」

私の言葉に、ボケにはトゲがあって、おじいさんはちゃんとトゲも描いてらしたんですよ、と城戸さんは冗談を言うときのように顔を半分しかめて笑った。

花木を育てる習慣もなかったけれども、私はまたおじいちゃんと過ごすような気分で、紙袋に入った植木鉢をぶら下げて家に帰った。ペンで字を書くのは自分にはつらいけど、絵を描けばいいのか、などと思いながら。

二千回飲みに行ったあとに

横井さんお店とか詳しいですよね？　とエレベーターの中で角山（かどやま）君に突然話しかけられた。いやぜんぜん詳しくないよ、と反射的に返すと、安田さんがそう言ってましたよ、と角山君は真顔で言った。まるで私自身よりも先輩の安田さんのほうが私のことを的確に捉えているのに、いったい君は何を反論しているのかというような様子で。

入社二年目の角山君は、昼休みに私の行きつけのコンビニでときどき姿を見かけるのでちょっとやりにくいと思っていたのだった。けれども、向こうもこちらに過剰に興味を示したりすることはなく、それとなく距離を取ってくれるので、昼休みに同じコンビニを利用しているという事態はなんとか維持されていた。

なのに、〈お店に詳しい〉という決めつけのもと、突然話しかけられた。

「うちの丸岡さん、三月で定年退職するじゃないですか」

一階に着くと、小柄な角山君は、エレベーターの〈開〉ボタンを押しながら、私を先に出す。

コンビニに行くんだろうなと思っていたらそのようで、やっぱりついてくる。

「それで送別会の店決めないといけないんですけど、係で自分が店探すことに決まってしまって」

若いからよく知ってるだろうってことになったんですけど、ぜんぜん知らないんですよね、お酒は一滴も飲まないし友達いないし、と角山君は、今まででもっとも長いというぐらいに話す。

コンビニに向かいながら話を聞いてみると、係で角山君の次に若い、角山君より三十歳年上の有田さんがいくらか店を決めて丸岡さんにお伺いを立てたところ、丸岡さんは、せっかくなので係でいちばん若い角山君に決めて欲しい、と指名したのだそうだ。私は、その事実以上に、角山君の所属している営業部の官公庁対応係の高齢化に衝撃を受けた。

信号待ちでそのことを先に指摘すると、自分よりだいぶ年上の人と働くのは、コミュニケーションについて諦める部分が多くて楽だなと思ってるんですけど、若いというだけで苦手な店決めが回ってくるという落とし穴があったとは思いませんでした、と角山君は首を傾げた。

しかしその角山君の提案も、丸岡さんからは「もうちょっとなんとかならん？　ごめんやで」と二度突き返されているのだという。角山君は、丸岡さんから数か月間仕事を教わって、自分はそこそこ丸岡さんから気に入られていると思っていたのだけれども、本当は違っていたのかもしれない、と落ち込みながら横断歩道を渡り、〈今ならからあげが５＋１個！〉というのぼりを見て、気を取り直したように、からあげか、と呟いた。

それで困ったあげく、私の先輩の安田さんに相談すると、横井さんが詳しいよ、ということになって、送別会の店探しを頼んできたのだという。無下に断るのも性に合わないし、入社二年目の人に変な試練を与えるのもな、と考えたので、私は、まあいいよと頼みを聞くことにした。

夕方に営業先から帰ってきた丸岡さんに、ロッカールームの前の廊下で声をかけると、丸岡さんは、おっよこやん、と気安い様子で手を上げた。私のことをよこやんと呼ぶのは、知っている人間の中でも丸岡さんだけだけれども、そんなことは一向に気にしていない様子だった。丸岡さんと私は、仕事上の関わりはほとんどと言っていいぐらいないのだが、自社ビルの改修中にしばらく丸岡さんの近くのデスクで仕事をしていたことがあってから、少し話すようになった。丸岡さんの手が空いている時は、昔そういうのやってててん、とときどき仕事を手伝ってくれたりもした。

丸岡さんと直接仕事をしている私と同年代の同僚は、「ああ見えてきっちりしてるところがあるから、こだわりのツボみたいなのに入っちゃうとたまに仕事しにくい。でも普段はいい人だよ」とのことで、しかしそういう行き違いがわりと後を引くのか、彼女はあまり丸岡さんと関わろうとはしなかった。それを考えると私は、仕事上の関わりがほとんどない分、丸岡さんと話すのは楽だった。丸岡さんもそう感じていたのかもしれない。

角山君も、丸岡さんは、ついてきて仕事見とき、としか言わない人ですけど、質問したらなんでも答えてくれるんでいい先輩だと思いますよ、と言う。

「自分の代わりに送別会の店を選んでくれと角山君に頼まれました」

「そっか。よろしくやで」

丸岡さんはまったく構わない様子で片手を上げてその場を立ち去ろうとするので、私はついていって、どういう店がいいですか？　と手始めにたずねてみる。

「なんでもええで」

「でも角山君の提案した店突き返したそうじゃないですか」

「別にええねんけど、どっちも先月別の会社の人らと行ったからさ」

先月？　と疑問に思って、どの店とどの店ですか？　とたずねると、日本でも一番目と二番目に展開している居酒屋のチェーンで、角山君……、と私は肩を落とした。一滴も飲まないし友達もいない、というちょっと現実離れした角山君の話がにわかに現実味を帯びる。

「ほんとになんでもええのはええねんけどさ。かどっちがどうしても見つけられへんいうんやったらその店でもかまわんし」

いつもは飲まんもん飲んで食べへんメニュー食べるわ、と丸岡さんが付け加えるのを聞くと、なんだか私の中にある変なガッツのようなものが呼び起こされて、ちょっとこれは丸岡さんを正面から喜ばせてやりたい、という気分になってくる。友達がいなくて一滴も飲まない角山君もどうかと思うけど、自分もちょっとやっかいだと思う。

「なんでもいいのはもちろんいいんですけど、送別会だっていうのは抜きでぱっと思いつくようなことはありますか？　本当にぱっと」

私は頭の後ろで両手を広げて、〈ぱっ〉の動作をしてみる。丸岡さんはおもしろそうにそれを見てくれた後、そやなー、と首を傾げる。

「ちょっとだけ変わった店行きたいな」

私は何度かうなずく。

「監獄がコンセプトの店とかどうです？」

「できた頃に行ったことある」

「鰹のたたきがミニチュアの船で出てくる店は？」

「よう行く」

「ポケモンカフェは？」

「孫と行った」

私はどの店も存在は知っているけれども行ったことはないので、手強いな、と思う。

じゃあまた店の提案をしますんで、一応聞いてください、と私は告げて、その場は丸岡さんと別れた。ほなよろしくー、と丸岡さんは何の圧力も期待も含ませずに手を振った。

*

それから私は、丸岡さんに一日に一つずつ店を提案していった。大正時代風の居酒屋、昭和の学校風の居酒屋、潜水艦風の居酒屋、聖堂風の居酒屋など、自分ではまったく行こうと思ったこともないけれども、変わったコンセプトであればこだわらずに、店内の様子をプリントアウトして、定時五分前になると丸岡さんに突撃した。

なぜ印刷しなければならなかったかというと、携帯は仕事用以外は職場に持ち込み禁止だし、丸岡さんは別のフロアで働いているのでパソコンのモニターを直接見にきてもらうことは難しかったし、社内メールも「後で見とく〜」と言って忘れることが多かったからだ。

「べつにええけどなあ」

と言われると、もうそれで決めてしまおうかと思うのだけれども、いや、もうちょっと隠れたニーズがあるはずだ、と自分の中で思い返すところがあって、じゃあまた明日、と私は官公庁対応の営業部の人たちの怪訝な視線を避け、忍者のように自分のフロアに戻る数日間を続けた。

五つ目の店を提案した後に、丸岡さんは気になることを言っていた。

「まあどこでも、二時間適当にできたらええねんけどな」

なんというか、諦念を感じさせる発想だと思った。私が行きたくない飲み会に感じるのと同じようなことを、丸岡さんも感じるのだなと少し感心した。私は丸岡さんを甘く見ていた、というか、単純な人だと思いすぎていたような気がした。

それから私は、数日の間丸岡さんに店を提案するのを休んだ。
◆丸岡さんはそれほど送別会をしてほしいわけではないのかもしれない
◆だからこそちょっと変わった店に行きたいのだが、どれも既視感があったりピンとこないという二つの状況の中で考え込んでいたからだった。丸岡さん自身と、「自分が丸岡さんだったら」という想像を照らし合わせると、
◆もしかしたら、送別会はしないほうがいいのかもしれない
というところまでこじれて、危うく角山君に言ってしまいそうになったのだが、それは今の状況をより難しくしてしまうような気がしたので踏みとどまった。

送別会のお店選びが、難航と言っても言い過ぎではない状況に差し掛かっていた週の金曜日に、私は丸岡さんと駅で出くわした。数日の間店の提案を休んでいたせいか、お、よこやん、最近定時前に来んけどどうしたん、と丸岡さんが言ってきたので、今ちょっと考え直してます、と私は丸岡さんに告げた。

「困らせてるんやったらほんまにどこでもええで。決めてくれたら」

「そうじゃなくて、丸岡さんが〈行きたい〉と思うところを提案したいんですよね」

「うーんそうか。いっしょけんめい考えてくれてすまんな」

そう話しながら、私と丸岡さんは同じ車両に乗り込んだ。

普通は、駅で会社の人と出くわして車両が同じになりそうな状況になったら、携帯を見るふりをしてちょっと離れる挙動をする。もともと離れたところにいるんならその距離感を守る。帰る道のりでも社内の人といたくないし、他の人もそうなのだと思う。話題を探すのが面倒なのだ。かといって仕事の話はしたくない。

しかし丸岡さんとは、なんとなく電車で隣り合わせても話を続けられていた。

「今日のごはん何にするん？」

「決めてないですね。映画に行くんですよ」

「へー。何の映画行くん？」

「アクション映画です」

「誰の？」

「ジェイソン・ステイサムのです」

わかるだろうかと思いながら口にすると、あーそうかー、と丸岡さんは知ったような物言いでうなずく。

「前のやつ女房と観たわ」

「映画よく行くんですか？」

「近所にシネコンがあるからなー」

「いいですね」

「うん」

話を聞くと、丸岡さんは、私が映画館に行くために降りる駅と同じ駅で、違う路線に乗り換えるために降車するとのことだった。自分の住んでいる住宅地については、駅から歩いて十五分かかるけれども、徒歩の距離に幹線道路があってそれに沿ってショッピングモールがあるので便利でいい、と言っていた。

目当ての映画館のある駅は、私鉄のターミナル駅でその電車に乗って丸岡さんも帰宅するはずなのだが、私が映画が始まるまでの時間つぶしに、映画館のあるビルに向かおうとすると、店見に行くんやったら行っていい？　と、丸岡さんはたずねてきた。

「いいですけど、来ても楽しくないですよ」

「そんなん行ってみんとわからんやん」

丸岡さんがそう言うので、気を遣って、どこか行きたいところありますか？　とたずねると、よこやんの行きたいとこでいいで、という答えが返ってきた。じゃあ本当に行きたいところに行きますからね、ということで、チェーンの輸入食品店に入ろうとすると、コーヒーもらおう、と丸岡さんは商品の陳列の向こう側の通路に歩いていった。確かにこのお店ではコーヒーのサービスがあるけれども、それにしたって丸岡さんの行動はスムーズだった。

私は紙パック入りの杏仁豆腐を探して店内をうろうろしていたのだが、おやつのところにあるのか、中華食材の近くか、それとも飲料の売場か目星がつけられずに、結局すべての通路をローラーするような態になっていた。半年に一回ぐらい猛烈に食べたくなって探すのだけれども、そのたびに売場を忘れる。

「なんか探してんの？」

「えーと杏仁豆腐です」

「さよか。なんとなくわかるで」

あのへんちゃうかな？　と丸岡さんが指さす売場に行くと、目当てのパックは簡単に見つかった。

「え、すごいですね」

「地元のこの店週一で行くもん」

ぜんぜん私より詳しかった。丸岡さんと同じ会社で働いて、四捨五入すると十年になるけれども、奥さんと映画を観ることも知らなかったし、輸入食品店のレイアウトに詳しいことも知らなかった。

店を出て、まだ映画の開始まではしばらく時間があったので、あの店に三十分ぐらいいることにします、と輸入食品店の斜め前のフローズンヨーグルトの店を指さすと、丸岡さんはふーんと近付いていって、このいちごの食べたいから入るわ、いい？　とたずねてきた。

いいですよ、とうなずくと、ほな好きな席取っといてもらってええ？　と訊かれて、どうも自分のほうが丸岡さんについてきたみたいだと思いながら、はいはいと空いている店内の中ほどの二人席に腰を下ろす。

丸岡さんは、ピンクと乳白色のソフトクリーム状のフローズンヨーグルトが巻かれたカップを手に席までやってきた。

「白いのなんですか？」

「レアチーズケーキ」

うーん、と私は唸りそうになった。私はこの店ではダブルバニラしか食べたことがなくて、今日もそれにするつもりだ。しかも丸岡さんは、クッキークランチのトッピングまでしてもらっていた。

なんだか丸岡さんの方がうまく楽しんでいるようで、ちょっと負けたような気分になりながら、私と丸岡さんはぼつぼつとしゃべりながら三十分を過ごした。丸岡さんぐらい年が離れた人と話す時はだいたい気を遣うものだけれども、ほとんどプレッシャーのない三十分だった。

メニューを熟読した丸岡さんは、チーズケーキはこのカシューナッツっていうのにしてもよかったな、と言った。お好きなんですか？　とたずねると、ふつう、と丸岡さんは答えた。

「あんまり一緒に飲みたくない人がよけて食べとってん」

「そうなんですか」

「そう思うと、えーまあまあうまいやんっていう気になるよな」

丸岡さんはそう言いながらフローズンヨーグルトの最後の一さじを食べ終わって、うまかった、とうなずいていた。

映画を観終わった後、帰りの電車の中で角山君に、丸岡さんがフローズンヨーグルトを楽しんでたんだけど、とメッセージを送って報告すると、あの人甘いもの好きですよ、という返信があった。

それを先に言ってよ。

でも探してるのは飲み会ができるところですし、関係ないかと思って。

私は、丸岡さんの今までの発言を思い出しながら、もしかしたら、店を主体に提案するというアプローチ自体が間違っていたのかもな、と考え始めた。

＊

社員全員が出席する送別会は、結局角山君が最初の方に持って行ったチェーンの居酒屋でやることになった。中でも忙しそうな店を探して、「二時間制ですがよろしいですか」という言葉を店員さんから引き出し、「もちろんいいですよ」と答えた。時間は、十八時半開始、二十時半終了として、不本意な飲み会になったとしても、帰ってドラマを一、二本観たり、会社の外の親しい人などと少し話したりメッセージのやりとりをするなどして、その日のうちにやりなおしがきくような時間帯に設定した。

丸岡さんにはあらかじめ、取締役たちと、丸岡さんと似たような職位の人の名前が埋まった座席表を見せて、どこに座りたいですかとたずねた。丸岡さんは、ほう、とそれを見て、わしここ、と彼らとは別の卓のまったく空白の場所を指さした。周りは今の部署の人でいいですか？　とたずねると、うん、と丸岡さんはうなずいた。

当日、丸岡さんは二時間ぴったりを慣れ親しんだ同僚や後輩たちと話して、それなりに楽しんだようだった。表向きは幹事ということになっている角山君には、軟骨の唐揚げや豆腐のサラダやラフテーやとん平焼きと同じように、最初の段階で鶏肉のカシューナッツ炒めがすべての卓に行き渡るように店員さんに注文してくれるよう頼んで、私は社員たちの反応をそれとなく観察した。

いらないよ、こんなもの、なんで私のところに来るんだ、と少し怒ったような声で言いながら、店員さんに鶏肉のカシューナッツ炒めを突き返している人物がいたので確認すると、社長だった。

社長はそういえば、丸岡さんと同じ年に会社で働き始めたと聞いたことがある。二代目なので、始めから丸岡さんよりえらかった。もうこれまでさんざん飲んで、それでも合わなかったって感じなんだろうな、と私は丸岡さんの心中を想像した。

送別会は二十時半ぴったりに終わって、主役の丸岡さんが二次会には行かないと宣言すると、その場で解散になった。

帰る方向が同じだった数人の中に丸岡さんがいたので、ちょっと早いけど帰って何かしますか？　とたずねると、どうしようかなあ、本でも読もかなあ、と丸岡さんは答えた。自分の仕事は移動が多くて、電車に乗っている時間が長いから、よく本を読むのだと丸岡さんは説明した。どういう本が好きなんですか？　とたずねると、時代小説、山本一力がいちばん好きかな、と丸岡さんは言った。

帰りの電車の中で私は、丸岡さんが人生でどのぐらい飲みに行ったのかということが知りたくなって、週に一回、四十年、という設定で計算をしてみた。入社は十八歳だとのことで本当は勤続四十二年なのだが、二十歳から飲んでいるという計算でも、二千回を超えていた。

自分の溜め息が聞こえた。丸岡さんの代わりにそうしたような気がした。

＊

その後、丸岡さんの最後の出勤日に、カフェが併設されたカシューナッツ専門店に行った。特に改まったアナウンスはせず、丸岡さんとカシューナッツ専門店に行くんだけど、興味あったら来る？　という話を角山君と私で人と話すたびにしていたら、部署も年齢も性別もばらばらな数人がやってきた。不思議と気を遣わない人ばかりが集まってきた。

十八席という店の規模に対して、その半分近くを埋める人数で行くことになったので、ここもまあ二時間が限度かな、という様子だったのだが、二時間で特に物足りないということはなかった。

興味本位でカシューナッツのケーキを注文して、え、これ小麦粉でつないでないの？　と目を丸くしていた丸岡さんだったが、ちゃんと食ってみるとうまいよな、と喜んでいた。カシューナッツってアレルギーあるみたいなんで、社長はそれなんですかね？　と私が言うと、丸岡さんは、まあそれやったらかわいそうな話ではあるけどな、とすぐにケーキを完食してしまった。

「悪い人間ではないのはわかるけど、なんとなく性格が合わんかったなあ。飲みに行ってもこっちが向こうのいろんなことへの駄目出し聞くばっかりやって」

それやったら目の前のもんがうまいなっていう話がしたいわ、と言った後、丸岡さんはやはりメニューを熟読して、今度はカシューナッツのクリームのディップを頼んでいた。

「女房にな、会社の若い子らが送別会の店の話を何回もしてくるねんっていう話したら、気を遣わせてひどいわねって言われた。すまんかったな」

丸岡さんは、前に座っている私と角山君に軽く頭を下げた。確かに難しくはあったけれども、あやまられるようなことでもないような気がしたので、私も角山君もいえいえそんな、と首を横に振った。

「もう飲み会って人生で数えきれんくらい行ってんよなあ。来世の分も行った気がするわ。人が集まって飲みさえしてたら楽しいって、それはわかるし反対もせんけど、もう充分やんって思ってさ」

丸岡さんは右腕で頬杖をついて、今までの幾多の飲み会のことを思い出すように目をつむった。

「ここはおもしろいと思うで。ありがとうな」

丸岡さんは、そう言ってもう一度軽く頭を下げた。隣にいた角山君は、少しの間うつむいていたかと思うと、あと一年ぐらい会社にいてくださいよ、と呟いた。丸岡さんは大げさに肩を上げて、もういやや、と笑った。私も笑った。

＊

丸岡さんの退職から数か月が過ぎ、角山君には新卒の後輩がやってきた。昼休みに同じコンビニに向かう信号待ちで一緒になった時に、友達はできた？　とたずねると、いや、いませんよ、とのことだったが、後輩とはなんとかうまくやっているらしい。

丸岡さんとは連絡を取り続けていて、その次に信号待ちで一緒になった時には、引っ越すんですって、という話を聞いた。

「奥さんの故郷に戻るんだそうです」

「へえ、遠いの？」

「いえ、今の家から車で二時間ぐらいのところらしいです。でも温泉地だし、でかいショッピングモールもあるから、って言ってました」

「良さそうだなあ」

子供たちもずいぶん前に独立したし、丸岡さん自身も会社に通う必要がなくなったところで、手頃な中古のマンションを見つけたので決めたそうだ。

「ショッピングモールが動機として大きそうだな」

「今住んでるところからは歩いて十分だそうですけれども、次のところからは歩いて五分らしいですね」

「本当は飲みに行くよりショッピングモールが好きな人だったのかなあ……」

それは言い過ぎかもしれないけれども、丸岡さんの就職から退職までの長い数十年で、「もう充分やん」と言えるほどは飲んだから、今はショッピングモールのほうが楽しいというのはわかる気がする。それもいずれ充分だと思う日が来るかもしれないけれども、その時にも、丸岡さんが何かを見つけられたらいいなと思った。温泉とか。

それからまたしばらく経って、また昼休みの信号待ちで、丸岡さんから写真送られてきたんですけれども、社内メールで送っていいですかね？　と角山君に声をかけられた。いいよ、と答えると、昼休みが終わる十分前に、角山君から画像が添付されたメールが来た。

画像は二枚あった。片方は、紙カップを手に輸入食品店の前で普段着の丸岡さんが棒立ちになっている画像で、もう片方は、ショッピングモールのソファの前で奥さんらしき女性と並んでいて、やはり棒立ちだったけれども、ほんの少しだけ笑っていた。

一人の方は奥さんに撮ってもらったそうですが、ご夫婦の方は見かねた店員さんが撮影してくれたそうです、と角山君は説明していた。

このあと近所の足湯に行ったそうです、という文面を見ながら、普通はそっちを送るもんでしょう、と私は思わずモニターの中の丸岡さんに話しかけそうになった。

もう充分働き、もう充分飲んだ丸岡さんが、これからも入りたい店に入れることを祈った。

居残りの彼女

はじめは転校生かなと思った。最初の授業でも、先週の授業でも、今日の授業でもさなえのななめ前に座った人だ。

見慣れない女の子だった。とにかく学年では一度も見たことがない。身長はさなえよりちょっと高いぐらいだけど、さなえはクラスでも真ん中ぐらいの身長なので、そんなに背が高いということはない。たぶん、左側の真ん中ぐらいの列から黒板を見るのが見やすいっていう人だ。さなえの近くに座るということはそうなのだと思う。

姿勢はいいのだけど、先生の話を聞きながら落ち着きなく頭を動かしたり、何か熱心にプリントに書きつけていたり、かと思うとまったく動かなくなったりするような人だった。

髪は、短いと言い切るにはたぶん少し長いけれども、長いということはまったくない。あごのちょっと上のあたりで丸く切りそろえられていて、だいたい右耳にだけかけている。

とにかく同じ学年の女の子じゃないというのはわかる。そのことに確信を持ったさなえは、なぜだか、この人が四年生じゃないことにだれも気が付きませんように、とこっそり願った。その人が学年がちがういのこり授業に出ていることで、ばかにされたり、変わった人みたいに文句を言われるのはかわいそうだ、とさなえは思った。先生に算数のいのこり授業に呼ばれて、のこのこやってきているような生徒は、女子も男子もだいたいみんなぼーっとした感じの子で、同じ学年じゃない人が教室にいることに気が付いてないか、なんとも思ってなさそうな子ばかりだったけれども。だからさなえも毎週なんとか出席しているのだけれども。

なんでその人がさなえといっしょに授業を受けることになったのだろうと考えたこともある。その人は〈面積〉の章に入ってから現れたことをさなえは覚えている。算数のいのこり授業は、一年間ずっと呼ばれるのではなくて、その生徒が苦手な部分について教えることになると、先生が「出てみる？」と声をかけてくれる。さなえは、よく先生に「出てみる？」と言われるほうだったが、〈一億をこえる数〉と〈折れ線グラフ〉と〈小数〉のことを教えてもらう期間は、いのこり授業には出たければ出てもいいけど、出なくてもだいじょうぶだよと言われた。

その人は〈面積〉のことをやり始めてから突然現れたので、〈面積〉のことがわからない人か、それかとくべつ〈面積〉について勉強し続けたい人なのかもしれない。

学年がちがうようすのその人のことをさなえが気になるのは、その人がいい人だったからだ。先週のいのこりで、さなえがどれだけランドセルの中を探しても「持ってきなさい」と先生に言われた授業のプリントを見つけられず、どうしよう、ないよ、と思わず口にしてしまっていると、その人はななめ前から同情するような顔で振り向いてきた。さなえがはずかしくて目をそらすと、その人は「あの、私の見る？」と言ってくれたのだった。

「いいの？　自分のがなくなっちゃうよ？」

「となりに座っていいんなら見せるよ」

そう言って、その人はそろっと立ち上がって、さなえのとなりの席に座って机をくっつけてきた。それで手をあげて、プリント忘れちゃったみたいなんで、見せてあげます、と先生に言った。先生は、そうなの、ありがとう、いとうさんはお礼を言ってね、とうなずいて、授業を続けた。

プリントの学年・組・名前を書く四角の中には、「6年2組　堀内」と書いてあった。六年生と話したのは初めてだった。年上だし、四年生なんかとはちがって背が高くておとなっぽい人たちだ。女子と男子でつきあっていたりするような、さなえとはまったくかかわりのない人たちだ。

堀内さんは、先生が黒板に赤色で書く部分を、むらさきの色えんぴつで書いていた。さなえは、授業の中の大事な部分をノートに書くのにむらさきの色えんぴつを使う人を初めて見た。さなえがクラスの今いるグループの中でそんなことをしていたら、何を言われるかわからない。堀内さんの友だちは何も言わないのだろうか。堀内さんをほうっておいてくれるのだろうか。

改めて、六年生の世界は自分にはそうぞうもつかない、とさなえは思った。

その週の金曜日の三時間目、理科実験室にクラスの全員で向かっている時に、さなえと同じグループの山村さんが、六年生がランニングをしているところ見たいから、と立ち止まって、窓の向こうの運動場の方を見始めた。さなえは、みんなにおくれをとってしまう、とはらはらしたのだが、山村さんが目当てに見ている男子の集団ではなく、女子の集団の中に、〈面積〉のいのこり授業に来ている女の子を見かけてはっとした。

山村さんは、あのねえ、あの背が高い人、谷川君ていうんだけど、かっこよくない？　とさなえに声をかけてきて、そのあと、俳優の誰々という人に似てない？　とたずねてきたのだが、さなえは、堀内さんが女子の集団から今にもおくれそうなことにはらはらしていてそれどころではなかった。

それから山村さんは、その前にいるのが元山君で、あ、谷川君としゃべってる、と解説をしてくれたのだが、さなえは、集団から脱落しそうな堀内さんがなんとかまき返すところを、まゆの間にしわを寄せてじっと見ていた。

「ねえ、谷川君と元山君どっちがかっこいいと思う？」

山村さんにそう言われながら肩を叩かれると同時に、さなえはようやく堀内さんが集団に戻るのを見届けて、顔、わからなかった、と答え、つまらなそうな山村さんと小走りになって理科実験室に向かうクラスの子たちの列に戻った。

その次の週の月曜、さなえは小学校の玄関ホールの図工の展示の中に、堀内さんの作品を見つけた。正方形の小さい消しゴム版画が九つセットになっていて、柄を組み合わせてパッチワークのようにオリジナルのパターンを押すことができる、というふしぎなものだった。学校のプリントのうら紙と、赤と黒のスタンプ台も一緒に置かれていたので、近くのろうかを通った先生に、これ、押していいですか？　とたずねると、いいはずだよ、とのことだったので、さなえは連続していくつか押してみた。赤い花柄や黒い波が、プリントに浮かび上がった。「つかいおわったらはんこはプリントでふいてください」という注意書きがあったので、さなえはそのままうら紙のプリントにインクがつかなくなるまではんこを押しつけた。

さなえは堀内さんの友だちではなかったし、これまで三回見かけたことがあるだけだけれども、ちょっと変わった人だな、ということはなんとなくわかってきた。でもいい人だし、四年生のいのこり授業にもやってきたりするし、ランニングでおくれていたのもなんとか取り戻したりして努力家だ。担任の杉本先生は、努力はとっても大事です、と言う。さなえには、さし当たって努力しているといえることは何にもなかったけれども、何かをちょっとがんばりたいなあという気持ちはあった。だから算数のいのこり授業にもずっと行っていた。

自分はそのうち、何かに対して努力で一人で楽しくなったり、クラスでつらいことがあっても持ちこたえられるようになるんだろうか、とさなえはぼんやりと考えることがあった。

さなえは、二週間前までクラスの同じグループの女子たちに無視されていた。どうしても必要なことはさなえと話すけれども、その話しただれかは、そのあとに必ず、近くにいる同じグループの女の子と声をあげて笑い合ったりする。家に帰って宿題をしたり、ゲームをしたり、本を読んでいても、どうして自分は無視されるんだろう、ということが頭からはなれなくて楽しめなかった。まるで、自分の存在が紙みたいにうすくなって、それでいて教室の中に放り込まれて、いろんな人に肩で当たられたり、時にはふんづけられたりしているような気持ちだった。

しばらくして、とつぜん無視される期間は終わった。グループの女の子たちは、何事もなかったようにさなえに話しかけてきて、無視される前と変わらないふるまいをしたけれども、さなえはあまりうれしいとは思えなかった。自分がなぜ無視されたのかもわからないし、なぜ許されたのかもわからない。そのことが、どうもとてもむなしかった。

なのでさなえは、無視される前よりも付き合いが悪くなった。一人でいたいなと思うことが多くなった。そういういきさつもあって、いろんなクラスのいろんな知り合い同士じゃない子がやってくる算数のいのこり授業は、意外とさなえの気持ちを落ち着かせた。

無視されて、それが何の理由もなく解けて以来、グループの女の子たちの遊びの計画に対して前向きになれないし、女の子たちの話していることをいちいち深く気にしてしまう。次はだれなんだろう、また自分かもしれない、と考えてしまう。

でも一人でいると、自分の立場がもっと危険になることも、さなえはわかっていた。弱った金魚が共食いのえじきになってしまうように、仲間はずれにされる「何かのはずみ」の「はずみ」が、一人になると何倍もはずみやすくなることもわかっていた。一人でいると、グループの女の子たちよりも関わるのが苦しい、ひどいうそつきだったり、最初はやさしいのにしばらくすると「自分以外のだれともしゃべってはいけない」と言ってくる変な子だったり、学校の外にいる気持ち悪い大人に付け入られやすくなることもわかっていた。

きぜん、という言葉のちゃんとした意味はさなえは知らなかったし、もちろん漢字も書けなかったけれども、いうなればそういう態度の人間に、さなえはなりたかった。それはたとえば、自分に必要だと思ったら下の学年のいのこり授業に一人でやってくるようなことのように、さなえには思えた。


次のいのこり授業で、また堀内さんはさなえのなな め前の席に座った。いすに座ったあとだと話しかけにくいと思ったので、堀内さんがランドセルから持ち出してきた筆記用具を机の上に、立ったまま置いているうちに、あの、先週はプリントを見せてくれてありがとう、とさなえは話しかけた。堀内さんはさなえを見下ろして、二秒ぐらい何について話しかけられたのか考えるように首をかしげたあと、どういたしまして、と頭を下げていすに座った。

先生がろうかの向こうから教室にやってくるのが見えたので、さなえは、もう少しだけ何か話したいといっしょけんめい考えて、「大事なところをむらさきで書くの、かわいいね」と言った。自分でもよく思い出したと思ったし、よく言えたなと思った。

堀内さんがちょっと振り向いて、「前の色えんぴつのセットでたくさん残ってる色を使ってるんだ」とさなえに告げたあと、先生が教室に入ってきて〈面積〉のいのこりの授業が始まった。

残りの〈面積〉の授業は、今日と来週の一回だけだった。来週の最初の半分は小テストをやって、残りの半分はその問題について一つ一つ説明します、とのことで、プリントを使って今まで習っていないところを先生が教えてくれるのは今日で最後のようだった。

その日先生が説明した内容は、少し複雑だった。中くらいの長方形Aの中に、ななめになった小さな長方形Bを描いて、中くらいの長方形から小さい長方形を引いた面積はどのぐらいでしょう？　という話で、何かの面積について考える時は、具体的に、だれかの部屋だとか、どこかの庭だとかと想像してみて問題を解くさなえからしたら、どういう状況なのかがわかりにくい問題だった。

何のための場所がこんなふうにふくざつな形になってるのかなあ、としばらく、部屋に大きな机が置かれている様子だとか、小さなマットが敷かれている様子などについて考えてみた後、そういえばおじいちゃんの家の田んぼの中のれんげ畑が、こんなふうにななめだったような気がする、ということを思い出して、それからさなえは問題が理解できるようになった。

それとは対照的に堀内さんは、中くらいの長方形の中に小さい長方形がななめにある、というへんな状況についてうまく考えられないでいるようで、体をかたむけたり、首をひねったり、いろんな姿勢でなやんでいるようだった。

自分でもどうしてそんなことをしたのかはわからないけれども、さなえは、しばらく手放しても大丈夫そうな、先週の〈面積〉の授業で使ったプリントを探し出して、中くらいの長方形の中に小さい斜めの長方形を描いて、中くらいのほうにイネの絵を三つ描いて、小さいほうに小さいれんげの絵を五つ描いた。イネを描くのは初めてだったけれどもかんたんに描けたし、れんげの絵は一年生の生活の授業でたくさん描いたので、それを思い出しながらそれらしく描けた。

それからさなえは、そのプリントを堀内さんのとなりの席のいすに置いた。堀内さんは、何度かふしぎそうにさなえの絵が描かれたそのプリントを見たあと、そっと手に取って、さなえのことを少しだけ振り返って、自分の席の机の上に置いた。堀内さんはうつむいてしばらくそれをながめ、やがて何かなっとくしたように、先生が黒板に書いている式をうつし始めた。それからしばらくして、堀内さんはこっそりさなえにプリントを返してくれた。

授業のあと、さなえと堀内さんは、先生に黒板消しをきれいにする用事をたのまれた。だいたいいつも二人一組で、ぜんぜんちがうクラスの子同士がえらばれて言いつけられる用事だった。

黒板消し専用のクリーナーに黒板消しをすべらせながら、プリントありがとう、と堀内さんはさなえに言った。さなえは、自分がプリントをわたしたのに、そうお礼を言われてちょっとびっくりした。

「先週の授業で、長方形の中に正方形がある問題があったからわたしてくれたんだよね。おかげでどういうことかわかったよ」

言われてみればそういう問題もあった気がする。さなえは、田んぼとれんげ畑の絵でヒントを伝えたつもりだったのだが、堀内さんはちがうところを見ていたようだ。けれども、堀内さんは笑って感謝を伝えてくれたので、ちがうのだ、と反論する気にはなれなかった。

「イネとれんげの絵もかわいかったな」

「あれ、うちのおじいちゃんの家の田んぼのことなんだ」

今日の問題の図とちょっとにてるなと思って、とさなえが付け加えると、おじいちゃんの家に田んぼがあるの？　いいな、と堀内さんは言った。

黒板消しをきれいにして、黒板をすみからすみまで消して、先生から「ありがとう。また明日ね」と手を振られて、さなえは机に出したいろんなものをランドセルにしまって家に帰ることにした。堀内さんも同じようにしていた。

ろうかを歩きながら、いとうさんは校門を出て右に行く？　左に行く？　と堀内さんにきかれて、左に行く、と答えると、じゃあ私と方向がちがうんだなあ、と堀内さんは言った。さなえはそのことがちょっとざんねんなような、でも、話すことを探さなくていいからほっとするような気もした。

「あのさ、私、実は六年生なんだ」

並んで階段を下りながら、堀内さんが言った。さなえは、知らなかったふりをしたほうがいいのかもしれない、と少し迷ったけれども、正直に言うことにした。

「前にプリント見せてくれた時に、学年書いてたから知ってる」

そして、ごめんね、と付け加えると、堀内さんは、なるほど、そっか！　とちょっとおおげさにうなずいた。べつに怒っているのではなくて、おもしろがっているように見えた。

「私ね、四年生の時にちょっと病気をして、三週間ぐらい入院をしてたんだけど、ちょうどその間に算数で〈面積〉のことをやってた期間がすっぽり入っちゃってて、先生が復習に付き合ってくれたりもしたんだけど、どうしても苦手でね。六年って四角どころか円の面積やるし、五年生で〈体積〉を習った時もよくわからなかったし、だから、思い切って四年生からやりなおそうと思ったの」

一階に下りた堀内さんとさなえは、玄関ホールを横切って校門に近付いていく。堀内さんは、自分自身のはんこの作品の前をすどおりしていく。

堀内さんは、算数のいのこり授業をやっている先生が、小学一年と二年の時の担任だったたし、それで行ってみることにした、と付け加える。

さなえは、そうなんだ、とうなずいて、へんな顔をされてもすぐにはなれることができるように校門の外に出るまで待って、思ったことを言う。

「勇気があるねえ」

「なんで？」

「だって、苦手なことをましにするために下の学年のいのこり授業に来るなんて」

さなえが言うと、堀内さんは、そうかなー？　と首をかしげて、じゃあまたね、とさなえと反対の方向に向かって歩いていった。さなえは、堀内さんの後ろ姿をながめたあと、いつもより少し背すじを伸ばして家に帰った。

さなえは、自分の付き合いが悪くなったことに気が付いているのは自分自身だけだと考えていたけれども、グループの女の子たちはすでに気が付いていた。もしかしたら、さなえ自身が「自分は付き合いが悪くなっているんじゃないか」と思うよりも早く。

女の子たちは魔法を使っているみたいにするどい。さなえ一人が、いつも「なんでわかるの？」と思っている。

今日は学校から帰ったらみんなで集まってフードコートに行くんだ、と昼休みにさなえに漏らしたのは山村さんだった。私も行っていい？　とさなえがたずねると、さなえちゃん以外の四人で行くんだと思うよ、と山村さんは言った。今のクラスのグループの女の子たちは、さなえを入れて五人で、さなえは、自分では認めたくないけれども、仲間はずれになったということだ。

山村さんは、男の子のことを考えている時間が長い分、そんなふうにうっかりさなえの知らないグループの事情を言ってしまうようなところがあるのはありがたかったけれど、どのみち山村さんはグループの中でもさなえよりちょっと立場がましな程度で、グループのことをなんでも決めるゆうきちゃんや大沢さんに、さなえもいっしょにフードコートに連れて行ってくれるようにたのんでくれるような力はなかった。

さなえは、私も行っていい？　とがんばってゆうきちゃんに申し出てみたけれども「あやのにきいて」と首を横に振られた。あやのとは大沢さんのことで、ゆうきちゃんしかそう呼んではいけないことになっている。

　さなえは、大沢さんにも同じことを言ってみたけれども、「今日は水色のテーブルを使うって決めてるんだけど、水色のテーブルは四人の席しかないの。だからさなえちゃんが来たって座れないよ」という答えが返ってきた。さなえは、フードコートにお母さんと行った時のことを思い出した。たしかに、水色の四角いテーブルは四人がけになっている。他のところからいすを持ってきて座ったらいいのはわかるのだけれども、それはたぶん、ゆうきちゃんも大沢さんもだめだと言うのはなんとなくわかった。四人で完結すべき場所に、いすが持ち込まれるのは美しくない。美しくないことはしたくない。さなえがそこにいることと、四人席をきれいに埋めることでは、グループの子たちは後のほうが大事なのだろう。

　さなえは泣きそうになるのをがまんした。本当はグループの子たちだって魔女じゃないから、さなえが泣いたら、しぶしぶいっしょに連れて行ってくれるのはなんとなくわかる。でも、今日は泣きたくないと思った。それは、本当は自分はフードコートに行って水色のテーブルに座ってグループの子たちとおしゃべりがしたいとは思っていないのではないかと思ったからだった。

　次はさそってね、とさなえは言った。ゆうきちゃんと大沢さんは、つまらなそうに顔を見合わせてうなずきあった。

　行かない、私も連れて行ってとたのまない、とさなえはいったん決めたものの、五時間目と六時間目はつらくてずっとうわのそらだった。五時間目は社会で、六時間目は国語で、どちらも好きな科目なのに、それでもつらかった。「付き合いが悪くなった」ことを、どうやったら「ちがう」と思ってもらえるのか考えていると、頭がいたくなった。お母さんに相談したら、何か教えてくれると思うけれども、さなえは自分が、付き合いを良くしたいと考えているわけでもないことはなんとなくわかっていた。

今日の仲間はずれのことと、自分がこれからどうふるまったらいいのかということについて考えながら、その日はみんなが通らない二階のろうかを通って帰った。四年生の教室は三階にあって、どの子もまっすぐに一階まで下りて玄関ホールまで行くのがふつうだったけれども、さなえはちょっとだけ同じクラスや学年の子の声を聞くのがいやだったので、一度二階に下りてろうかを使うことにした。

その校舎の二階のろうかは、窓側が運動場に面していて、反対側には理科室と家庭科室が並んでいた。理科室は閉まっていたけれども、家庭科室からはだれかが話している声がいくらか聞こえた。

だれが話しているのか知りたかったけれども、のぞいたらだめだろうか、と思いながら、出入り口の前をゆっくり通り過ぎるふりをして家庭科室の中を見ると、堀内さんと知らない女子と知らない男子が、同じ机の席について、しゃべりながら何か手を動かしていた。そのとなりの机には、六年生を受け持っている先生が一人いて、プリントの上で忙しそうに赤ペンを動かしていた。

立ち止まってしまって中のようすを見つめていると、堀内さんが顔を上げて、いとうさん、た。

と手を振った。さなえも手を振り返しつつ、のどがつまるのを感じながら、あの、と声をあげた。

「入っていい？」

「いいよ」

うわばきを脱いで家庭科室に入ったさなえは、ランドセルを床におろして、堀内さんにたずねた。

「何してるの？」

「ブックカバーをぬってる」

えぐちくんは刺しゅうをしてて、わくいさんはリリアンをやってる、と堀内さんは教えてくれた。さなえは、となりの机のところにいる先生のことが気になってそっちを見たけれども、先生はうなずいただけだった。堀内さんは、えぐちくんは五年一組で、わくいさんは六年四組だよ、と教えてくれた。えぐちくんと言われた上の学年の男子は、四年生のさなえと同じぐらいの身長で、丸い枠を使って電車の刺しゅうをしていた。わくいさんの使っている毛糸は、いろんな色で染められていて、さなえも百円ショップで見かけてほしくなったことがあるのを思い出した。

「家庭科クラブのいのこりなの。来週から指あみをやるから、これまでのをやっちゃいたいんだって」

赤ペンを持っていた先生が顔を上げた。そうなんですか、とさなえはすべての事情を飲みこんだわけでもないながら、うなずいた。

「ぬいもの、お母さんがちょっとだけ教えてくれたことがあるんだけど、玉結びがうまくできなくて」

さなえが、ひとさし指に糸を巻き付けて、親指とこすってよりあわせる手つきをすると、堀内さんはうなずいて、私もそのやり方苦手なんだ、と作りかけのブックカバーに針を刺して、針山から別の針を取り、机の上に落ちていた余り糸を通した。

「こういうやり方もあるよ」堀内さんは、左手のひとさし指の上に、穴に糸を通した針をとがったほうを上にしてねかせて、針の真ん中ぐらいのところに糸のはしの方を三回巻き付け、そこを親指で押さえながら、右手で針を前に引っ張る。「ほら」

玉結びができていた。おどろいたさなえが、もう一回やってみせて？　とたのむと、堀内さんはまた余り糸を拾って結び目を作ってみせた。

「えぐちくんが教えてくれたんだよ」

えぐちくんは、はずかしそうに首を軽くつきだして、作っているものを少しかくすように体を反転させる。

さなえはその日、堀内さんのブックカバーの左側のはしをぬわせてもらった。水色のテープルのことは、いつのまにか頭から消えていた。

〈面積〉のいのこり授業が終わる日、堀内さんはさなえにむらさき色の色えんぴつをくれた。まだ半分もけずっていない色えんぴつで、いいの？　とさなえがきくと、もうじゅうぶん書いたから、と堀内さんは言った。

「次は何色を使うの？」

「だいだい色かな」

「だいだい色もかわいいね」

また算数のいのこり授業には来るの？　とはきかなかった。堀内さんは〈面積〉だけ習いに来たのだということを、さなえは理解していた。

ろうかを歩きながら、さなえは、プリントを見せてくれたり、玉結びを教えたりしてくれてありがとう、と言った。堀内さんは、私もプリント貸してもらったし、と軽く肩を上げた。

「私、来年家庭科クラブに入るよ」

今まで考えたこともなかったのに、堀内さんに話すことを探していると、そんな言葉がさなえの口をついた。けれども、それはさなえが本当に思っていることだというような気がした。

「そうかあ、私は卒業するけど、楽しいよ。がんばってね」

堀内さんがそう言うと、さなえはものすごくさびしくなったけれども、仕方のないことだし、不安になったり泣きそうになったりはしなかった。

「あのやり方の玉結び、だれかに教えてあげるんだ」

「あれ、いいよね」

そう話しながら、さなえと堀内さんは玄関ホールを通っていった。図工の作品の展示は、一年生と二年生のものにかわっていた。

校門を出て、二人が右と左に分かれて帰る場所まで来ると、さなえは勇気を出して堀内さんに告げた。

「あの、また家庭科室で家庭科クラブがいのこりをしてたら、私も中に入っていい？」

「もちろんいいよ」

堀内さんはうなずいて、じゃあね、と手を振ってさなえと反対方向に向かって歩いていった。

さなえは、少しの間その場に立ちつくしたあと、また家に向かって歩き始めた。家に帰ったら、自分も二年生まで使っていた色えんぴつの使いさしを探そう、と思った。それで、むらさき色に合いそうな色を出して、明日からの授業のプリントの大事なところを、むらさき色やその色で書くつもりだった。グループの子たちにどんな目で見られても、そうしようと思った。

初出

「第三の悪癖」（「新潮」二〇二一年九月号）
「誕生日の一日」（「早稲田文学」増刊　女性号、二〇一七年九月三十日）
「レスピロ」（「文學界」二〇二一年二月号）
「うそコンシェルジュ」（「新潮」二〇一六年九月号）
「続うそコンシェルジュ――うその需要と供給の苦悩篇」（「新潮」二〇二四年四月号）
「通り過ぎる場所に座って」（「ビッグイシュー日本版」３４２号、二〇一八年九月一日）
「我が社の心霊写真」（「文學界」二〇二三年一月号）
「食事の文脈」（中日新聞　二〇二〇年十月二十四日）
「買い増しの顛末」（「群像」二〇二二年十一月号）
「二千回飲みに行ったあとに」（「群像」二〇二三年一月号）
「居残りの彼女」（「飛ぶ教室」第68号、二〇二二年冬【特別号】創刊40周年記念、光村図書出版）

装画　コルシカ

津村記久子（つむら・きくこ）
1978（昭和 53）年大阪市生まれ。2005（平成 17）年「マンイーター」（のちに『君は永遠にそいつらより若い』に改題）で太宰治賞を受賞してデビュー。2008 年『ミュージック・ブレス・ユー!!』で野間文芸新人賞、2009 年「ポトスライムの舟」で芥川賞、2011 年『ワーカーズ・ダイジェスト』で織田作之助賞、2013 年「給水塔と亀」で川端康成文学賞、2016 年『この世にたやすい仕事はない』で芸術選奨新人賞、2017 年『浮遊霊ブラジル』で紫式部文学賞受賞。2023 年『水車小屋のネネ』で谷崎潤一郎賞受賞、同作は 2024 年本屋大賞 2 位に。他の作品に『アレグリアとは仕事はできない』『カソウスキの行方』『サキの忘れ物』『やりなおし世界文学』などがある。

うそコンシェルジュ

著者

津村記久子（つむらきくこ）

発行

2024年10月30日

3刷

2025年7月5日

発行者　佐藤隆信

発行所　株式会社新潮社

〒162-8711　東京都新宿区矢来町71

電話　編集部　03-3266-5411

読者係　03-3266-5111

https://www.shinchosha.co.jp

装幀

新潮社装幀室

印刷所

大日本印刷株式会社

製本所

加藤製本株式会社

乱丁・落丁本は、ご面倒ですが小社読者係宛お送りください。

送料小社負担にてお取替えいたします。

価格はカバーに表示してあります。

ISBN978-4-10-331984-9 C0093